Wilhelm Genazinos Prosa begegnet dem Leser als eine «hohe Schule der Wahrnehmung» («Die Weltwoche»). «Es ist eine Kunst, was er aus dem einfachsten Geschehen, aus den banalsten Alltäglichkeiten macht» (Süddeutscher Rundfunk).

Wilhelm Genazino, geboren 1943 in Mannheim, arbeitete zunächst als freier Journalist, später als Redakteur bei verschiedenen Zeitungen und Zeitschriften (u. a. für «Pardon»). Seit 1971 ist er freier Schriftsteller. Berühmt wurde er mit seiner «Abschaffel»-Romantrilogie. Für sein umfangreiches Werk erhielt er zahlreiche Auszeichnungen, 2003 den «Fontane-Preis» der Berliner Akademie der Künste und zuletzt 2004 den Georg-Büchner-Preis. Im Rowohlt Verlag liegen außerdem vor: «Die Liebe zur Einfalt», «Leise singende Frauen», «Das Licht brennt ein Loch in den Tag» (auch als rororo 22694), «Die Kassiererinnen» und «Auf der Kippe». Wilhelm Genazino lebt in Heidelberg.

Wilhelm Genazino

Der Fleck,

die Jacke,

die Zimmer,

der Schmerz

Roman

Rowohlt Taschenbuch Verlag

5. Auflage Mai 2005

Veröffentlicht im
Rowohlt Taschenbuch Verlag,
Reinbek bei Hamburg, Mai 2004
Copyright © 1989 by
Rowohlt Verlag GmbH,
Reinbek bei Hamburg
Umschlaggestaltung any.way,
Barbara Hanke / Cordula Schmidt
(Foto: Getty Images)
Satz von Pinkuin Satz und Datentechnik, Berlin
Druck und Bindung Clausen & Bosse, Leck
Printed in Germany
ISBN 3 499 23660 5

I

Draußen, vor dem Fenster, ein Schneegestöber; die Bewegung des Windes ist so stark, dass die Flocken fast waagrecht wie kleine Geschosse vorüberfliegen. Ich sitze im Zimmer und höre Mozarts Klavierkonzert Nr. 21 in C-Dur, eine Verlautbarung am Klavier, fern herüberkommend von einem Mann namens Mozart, der gewusst haben muss, dass Musik den zuhörenden Menschen sammelt und zusammenhält, minutenlang, stundenlang. Draußen Schneegestöber, innen Mozart: So könnte es bleiben. Der zweite Satz ist sentimental, aber dennoch schön, düster, aber nicht verzweifelt, zart, aber nicht weich, schmerzlich, aber gefasst. Der Wind drückt die Flugbahn der Flocken ein wenig nach oben; es sieht aus, als flöge der Schnee wieder in den Himmel hinauf! An dem Birnbaum im Garten gegenüber ist bis heute eine Birne hängen geblieben; als es Zeit dafür war, ist sie nicht vom Ast gefallen. Die Birne könnte mein Vorbild werden: Auch ich möchte vergessen, worauf ich warte. Jetzt ist sie tiefbraun und fleckig und schwer geworden. Eine Amsel fliegt herbei und lässt sich dicht neben der Birne nieder; sie schaut ein paar Mal umher und stößt dann von oben mit dem Schnabel in sie hinein. Die Birne wackelt, aber sie fällt nicht. Die Amsel fliegt auf und verschwindet.

Ich stelle Wasser für einen Becher Kaffee auf, ich schneide eine Scheibe Brot vom Laib herunter und bestreiche sie mit Butter. Zusammen mit einer Tomate lege ich das Brot auf einen Teller und stelle ihn auf meinem Arbeitstisch ab. Das Bild der kleinen Mahlzeit inmitten der Papiere und Arbeitsgeräte gefällt mir. Ich stelle den vollen Kaffeebecher daneben: Die Schere liegt neben dem Teller, der Kaffeebecher steht neben dem Leimtopf, das Rot der Tomate leuchtet neben dem weißen Papier. Alles ist mit allem verknüpft: Arbeit, Stille, Essen, Leben, Kunst. Ich muss das Bild fotografieren. Der Titel des Fotos könnte sein: Die Unmöglichkeit der Trennung vom Tisch. Ich hole den Fotoapparat aus dem Schrank, aber im Augenblick, als ich fotografieren will, fällt mir ein, dass mein Kaffee-Brot-und-Arbeit-Bild, indem ich es fotografiere, schon wieder zu einem Bild *für andere* wird. Aber das Bild braucht kein Publikum! Für Augenblicke bin ich dem Ausdruck einer neuen Kunst näher als sonst: Wir brauchen zufällige, abräumbare und persönliche Kunstwerke, die einzelnen Menschen *antworten*. Ich räume den Fotoapparat weg und betrachte ein anderes Bild, das Bild meiner Kleidungsstücke, die über zwei Stühlen liegen: eine Hose, ein Hemd, eine Jacke, Unterwäsche und Strümpfe. Die Hose ist dünn geworden. An den Knien hat sich das Gewebe so auseinander gezogen, dass es sich bald zu schmalen Schlitzen weiten wird. Die dünnen Stellen erinnern mich daran, dass ich eine neue Hose brauche. Aber ich bin entschlossen, lieber zwei schmale Schlitze als eine neue Hose zu ertragen. Fast jeden Tag sehe ich mir die schadhaften Stellen an und warte auf den Augenblick, in dem der Stoff endgültig reißt.

Genau genommen kann ich auf meine alte Hose überhaupt nicht mehr verzichten. Sie hilft mir, die Vorstellung meines Abstandes zu wahren, und diese Vorstellung ist mir hundertmal teurer als eine neue Hose.

Kurz nach halb zehn schalten Straßenarbeiter die Maschine an. Prasselnd schlägt der Lärm in mein Zimmer ein. Ich lehne mich an das Fenster und bin eine Weile davon überzeugt, die Ereignisse besser ertragen zu können, wenn ich sie beobachte. Es ist ein kompakter, hüfthoher, mit Pressluft angetriebener Apparat. Aus einem Schlitz ragt eine Metallscheibe hervor, die die Straße aufschneidet wie ein Stück Pappe. Zwei Männer sitzen auf der sich langsam weiterschiebenden Maschine und gießen abwechselnd Wasser auf die rasende Metallscheibe. Hinter der Maschine arbeitet ein kleiner Bagger; er reißt den ausgeschnittenen Betonstreifen heraus und wirft ihn auf den Gehweg. Ein Tag des Lärms ist angebrochen! Ich werde ihn nicht in meinem Zimmer verbringen können. Ich ziehe die Jacke an. Der Lärm ist so stark, dass ich nicht einmal die kleinen Geräusche meiner Flucht hören kann. Draußen, auf der Straße, grüße ich die Arbeiter. Wenn ich mich ihnen freundlich zeige, werden sie in meiner Abwesenheit vielleicht nicht auf das Haus losgehen, in dem ich wohne.

Die Flucht vor dem Lärm endet am Main. Beim Anblick der ruhigen Strömung werde ich selbst ruhig. Das gegenüberliegende Ufer mit den Museen und Parks ist das schönere; aber wer auf der schönen Seite geht, muss herübersehen auf die hässliche mit ihren Gleisanlagen, Kiosken, schmutzigen Vereinsheimen, Kränen und Tanks. Ich bleibe auf der hässlichen Seite. Außer einer Rentnerin ist niemand hier. Die Frau will Eichhörnchen anlocken; sie reibt zwei Walnüsse aneinander und sieht die kahlen Wipfel hoch. Meine Schnürsenkel sind offen. Bei jedem Schritt springen sie wie verrückte kleine Schlangen um die Schuhe herum. In der Eile des Weggehens habe ich mich nicht zu Ende angekleidet. Aber jetzt gefallen mir die offenen Schnürsenkel bereits als Zeichen der Vertreibung. Die Rentnerin hinter mir flüstert vor sich hin. Sehr langsam fährt ein Polizeiwagen auf dem Uferstreifen entlang. Ein tief im Wasser liegender Frachtkahn zieht leise bollernd vorüber. Die Enten auf den niedrigen Wellen sehen plötzlich aus wie Badewannentiere. Der Polizeiwagen fährt an mich heran. Die beiden Polizisten haben die Scheiben heruntergekurbelt; sie sehen mich an und hören gleichzeitig den metallisch abgequetschten Sätzen zu, die aus ihren Sprechfunkgeräten kommen. Der Ältere sieht mit schnellen Blicken von meinen herumspringenden Schnürsenkeln hoch zu meinem Gesicht und wieder zurück zu den Schuhen. Das Abgeschätztwerden spannt mich an. Ich überlege, ob ich ihnen die dünnen Stellen an meiner Hose zeigen soll. Das wäre sicher zu viel für sie. Aber ich nehme mir vor, ihnen die Geschichte, wie es zu den offenen Schnürsenkeln gekommen ist, Wort für Wort zu erzählen, bis sie sich an den Kopf fassen und nicht mehr wissen, ob das Umhergehen mit offenen Schuhen erlaubt ist oder nicht. Ich sehe das fortgesetzt Feststellende in ihren Blicken, das dennoch ins Leere geht, weil ihre Verordnungen die Bedeutung von offenen Schuhen zu klären vergessen haben.

Über die Untermain-Brücke läuft ein Mann, dem unter der Jacke das Hemd aus der Hose heraushängt. Der Anblick gefällt mir, er gibt mir das Gefühl für die Berechtigung aller Eigentümlichkeiten zurück. Mit flatterndem Hemd geht er dicht am Brückengeländer entlang, offenbar hat er es eilig, trotzdem vermeidet er Hastigkeiten und eckige Bewegungen, er geht unbekümmert, frei, konzentriert auf sich selbst. Mir gefällt seine Unachtsamkeit, seine Selbstmaßstäblichkeit, seine öffentliche Schlamperei, die wahrscheinlich keine Schlamperei ist, sondern Heftigkeit und Ichbezogenheit und Weltvergessenheit. Am liebsten würde ich Passanten auf den Mann aufmerksam machen: Seht her, wie rücksichtslos er durch die Stadt geht! Ich überlege, ob ich eine Situation arrangieren soll, die ihm einen Blick auf meine Schnürsenkel erlaubt; aber so schnell, wie der Mann geht, komme ich zu keinem Entschluss. Er verschwindet in Richtung Stadt, ich verlasse das Mainufer und verfolge ihn ein wenig, aber er geht zu schnell, ich blicke ihm nach und blicke ihm nach: Eben verschwindet er zwischen Hausfrauen, Angestellten, Schülern, Rentnern, Ausländern; das flatternde Hemd war das Erste und ist jetzt das Letzte, was ich von ihm sehe, dann ist auch dies Zeichen verschwunden.

Das Lokal ist voll, ich grüße in mehrere Richtungen, von da und dort kommen Zeichen und Rufe, ich soll hier Platz nehmen oder dort. Vorerst behalte ich die Jacke an und stelle mich an die Theke. Der Wirt spricht kaum, er hat viel zu tun, er stellt mir ein Glas Wein hin wie immer. Am anderen Ende der Theke stehen die beiden Regisseure Achim und Walter, wahrscheinlich planen sie gerade eine neue Revue für arbeitslose Jugendliche. Elvira sitzt allein und macht sich Notizen. Dieter lehnt an der Wand und überlegt, wie er über den Fotorealismus hinauskommen kann. Hans-Albert denkt sich neue panische Sätze aus, die er in etwa einer Stunde aussprechen wird. Mir am nächsten ist Ina, die behinderte Kinder therapiert. Die Theaterleute, die heute ganz hinten sitzen, sind die schnellsten Denker. Sie sagen: Das bricht nicht durch, das gibt keinen Knall, das musst du anders aufziehen. Wenn sie sich auf ein Projekt nicht einigen, entwerfen sie schnell ein neues. Ich nehme mein Glas und setze mich zu Thea, der Schauspielerin. Sie ruft aus: Ich muss nachts in einer nervigen Kneipe sitzen, ich brauche schlechte Luft, ich muss zu viel trinken, und ich muss Leute um mich haben, die zu viel reden, obwohl doch jeder hier weiß, dass man mich nicht unterbrechen darf. Leo, der Geisteswissenschaftler, hört Thea nicht zu; er drückt die Spitze seines Zeigefingers auf ein paar Brotkrümel, die auf dem Tisch herumliegen. Seit Wochen kann Leo sich nicht entscheiden, ob er einen Zeitvertrag an der Universität annehmen oder ob er nicht doch besser eine Comic-Buchhandlung eröffnen soll. An den Tischen der Schauspieler und der Frauen herrscht der größte Lebensüberschwang. Gesa sitzt in einer Gruppe von Malern und singt mit ihnen Reste alter Schlager. Hans-Albert sagt: Das Problem des fortgeschrittenen Künstlers besteht darin, dass alles, was ihn interessiert, ihn zugleich langweilt. Hans-Albert sieht in die Runde wie früher, als er noch einer der Stadtgötter war. Es kommt darauf an, welche Sehweise man gerade zulassen kann, sage ich vorsichtig. Aber Hans-Albert will heute Nacht nur Recht haben, er will alle übertönen, er braucht einen Überschwang. Für ihn funktioniert die Kunst nach dem Schema der Heimzahlung. Die Künstler treten als Verletzte an und machen mit ihren Werken eine Gegenrechnung auf: Sie geben der Gesellschaft zurück, was diese ihnen angetan hat. Andreas, Barbara, Frieder und Rolf gehen nicht auf Hans-Albert ein. Sie sind noch so jung, dass sie ihren wichtigsten Konflikt noch gar nicht erkannt haben: ob sie aus der Gesellschaft heraus- oder erst richtig in sie hineinwollen. Deshalb streiten sie sich am liebsten über technische Probleme: ob man beim Filmesehen alle Sequenzen in die Gesamtstruktur einordnen können muss oder nicht und ob man überhaupt jeden Satz, der in einem Film gesagt wird, verstehen muss oder nicht. Frieder fragt empört: Wenn ich in der Realität herumgehe, verstehe ich auch nur wenig, warum soll ich dann ausgerechnet im Kino alles verstehen? Ihre Stimmen sind so laut, dass in ihrer Umgebung jeder zu ihrem Publikum werden muss. Aus diesem Zwang geht die leise Traurigkeit von Künstlerlokalen hervor. Zur Strafe höre ich fünf Minuten lang niemandem zu und betrachte einen roten Strickhandschuh, der auf dem Nebentisch liegt. Er erinnert mich an eine Ochsenzunge, die ich dieser Tage im Schaufenster einer Metzgerei habe liegen sehen. Nur an ihrem vorderen, dünnen Ende war zu sehen, dass es sich um eine

Zunge handelte. Als die Verkäuferinnen sahen, dass ich die Zunge im Schaufenster betrachtete, lachten sie und zeigten dabei ihre winzigen Verkäuferinnenzungen. Ich habe lange gebraucht, sagt Thea, bis ich bemerkt hatte, dass die anderen Schauspieler mich schneiden; aber der Regisseur hat mich einfach in die Gruppe reingestellt, und dann waren der Neid und die Angst der anderen da. Hinterher schauen sie sich das Video mit meiner Nummer an und sagen: Thea, deine Figur ist nicht klar. Immer wenn sie glauben, dass sie das Stück nicht zusammenkriegen, fangen sie Streit mit mir an. Vor fünf Jahren wäre ich an so was noch krank geworden! Dieter schaut zum Ausgang. Der Wirt hat die letzte Runde angekündigt. Auf Gesas Gesicht lese ich den Wunsch, abwesend zu sein. Nur Maria, eine junge Bratschistin, und Karl, ihr Freund, ein Cellist, sitzen still an einem Ecktisch und reden ohne Zeitgefühl über Musik. Mein Freund Paul schweigt wie immer. Hans-Albert ruft aus: Wir machen bei mir weiter! Gesa versteckt in Seufzern ihre Müdigkeit. Draußen im Dunkeln spüre ich, dass ich von allen viel weiß, ohne je Genaues erfahren zu haben. Der angetrunkene Hans-Albert schreit Passanten auf der anderen Straßenseite zu: Ihr könnt mich haben, ich bin nicht teuer! Die Fremden schreien lachend zurück: Wir wollen dich nicht, du bist uns zu billig! Hans-Albert ist nicht beleidigt, das ist sicher ein Fehler. Er schaut mit weit geöffneten Augen zu der rot-gelb strahlenden SHELL-Muschel am Gipfel eines Hochhauses empor und sagt ein paar Zeilen von Goethe auf: Füllest wieder Busch und Tal/Still mit Nebelglanz/Lösest endlich auch einmal/Meine Seele ganz. Gesas Blicke suchen am Firmament. Hans-Albert schimpft mit Gesa und mir, weil wir nicht weitertrinken wollen. Gesa hat nichts gegen Hans-Albert. Im Gegenteil, sie bewundert ihn sogar ein bisschen, weil er ohne Scham und ohne Anstrengung und mitten in der Nacht etwas von Goethe aufsagen kann. Aber wer eine SHELL-Muschel mit dem Mond verwechselt, der ist schuld, wenn Gesa mehr und mehr schweigt, weil das in ihr aufsteigt, was sie ihren Kulturekel nennt. Dann wird ihr Gesicht mehlig und grau, sogar in der Nacht. Gesa und ich verschwinden nordwärts. Jetzt schreit Hans-Albert uns nach. Der verdammte Mond! Sonst ist er so nahe wie ein Ball, den man selbst in die Höhe geworfen hat, aber heute ist er nicht zu sehen.

Paul verdanke ich, dass ich zum ersten Mal über meinen Vater lachen konnte. Jahrelang war ich der Meinung gewesen, dass Einzelheiten aus dem Leben meines Vaters nur Schauer und Fremdheit auslösen können. Bis ich Paul erzählte, wie Vater damals bei uns zu Haus den Schirm der Wohnzimmerlampe reinigte. Der Lampenschirm war eine breite, nach oben hin offene Glasschale. Im Winter, wenn die Stubenfliegen schwach wurden, kreisten sie matt über dem Lampenschirm und stürzten dann sterbend in die Glasschale. Bei eingeschaltetem Licht konnten wir die toten Fliegen als kleine schwarze Punkte im Lampenschirm sehen. Vater konnte ihren Anblick nicht hinnehmen. Er füllte einen Eimer mit Wasser, nahm einen Lappen, schob den Tisch unter die Lampe, stieg hinauf, bog mit einer Hand die Lampe zur Seite und wischte mit dem Lappen in der anderen Hand die Glasschale sauber. Und ich stand im Zimmer, schaute zu und entsetzte mich. An dieser Stelle der Erzählung begann Paul zu lachen. Ich war verblüfft und entsetzt, diesmal über Paul. Wie konnte er über eine solche Geschichte lachen? Ich war ohne Worte und wartete, dass Paul eine Erklärung abgab. Ich stelle mir gerade vor, sagte er, wie dein Vater auf den Tisch steigt, und du stehst unten auf dem Boden und schaust und denkst: Guter Gott, warum habe gerade *ich* einen solchen Vater? Warum singt er keine Arie? Warum steht er nicht vor einem Stück Leinwand und malt ein Bild? Warum spielt er nicht wenigstens Klavier? Nichts davon! Tote Fliegen im Lampenschirm sind es, die ihn in Bewegung bringen! Und dein Vater steht auf dem Tisch und schaut auf dich herunter und denkt: Guter Gott, warum habe gerade *ich* einen solchen Sohn? Den ganzen Tag liest er und schreibt Gedichte und spielt Klavier! Und ich armer Vater muss abends die toten Fliegen aus dem Lampenschirm holen! An dieser Stelle habe ich zum ersten Mal, dank Paul, über meinen Vater lachen können.

Seit dem frühen Morgen regnet es wieder. Es ist kein dramatischer Regen, kein Kinoregen, der aufwendig an die Fensterscheiben trommelt und durch die Straßen peitscht; es ist nur ein dünnes, regelmäßiges Einnässen der ganzen Welt, weiter nichts. Manchmal fährt ein Auto vorüber, es entsteht das plitschende Geräusch der durch flache Pfützen fahrenden Reifen, das ist alles. Ist es der Regen, der alles betont? Plötzlich bemerke ich etwas, was ich sonst nie bemerke, weil mir so etwas sonst nicht zustößt: Ich habe ein Haar im Mund. Und im Augenblick, da ich es herausziehe, spüre ich mein Alleinsein. Das Haar erinnert mich daran, dass es mir seit Stunden gefällt, allein in meinem Zimmer zu sein. Obwohl ich nicht einsam lebe, habe ich jetzt das Gefühl: Du lebst zu einsam. Paul, der auch nicht einsam lebt, sagt manchmal ebenfalls zu mir: Du lebst zu einsam. Dann fange ich an, mich mit Sätzen zu verteidigen, die mir nicht gefallen, wenn ich sie von anderen Menschen höre. Ich trete ans Fenster und sehe auf der Straße ein junges Mädchen mit einem großen Schirm vorübergehen. Ich sehe nur den Rock und ihre Beine. Gern würde ich mit dem Mädchen unter dem Schirm gehen und zugleich von meinem Zimmerfenster aus auf das Mädchen und mich unter dem Schirm herabsehen. Immerhin habe ich jetzt das Bedürfnis, zu den anderen Menschen gehören zu wollen. Ich ziehe meine Jacke an, nehme meinen Schirm und verlasse die Wohnung. Ein Buch habe ich mitgenommen, das mache ich fast immer, wenn ich in die Stadt fahre. Ich werde es brauchen, ich weiß es. Es sind die Tagebücher von Max Beckmann, ein dicker Band, den ich, gut verstaut in einer Plastiktüte, mit mir herumtrage. Schon in der Straßenbahn kommt es zu einer schwierigen Situation. Nicht weit von mir sitzen drei junge Männer, sie tragen Tätowierungen auf ihren Unterarmen, sie riechen nach Alkohol, zwei von ihnen haben offene Bierflaschen in der Hand. Sie reden und grölen laut miteinander, die Brutalität schaut ihnen wie etwas Frisches aus den Augen. Ich sehe den Schaum in den offenen Bierflaschen und denke: Dieser Schaum in den offenen Bierflaschen ist der zwiespältigste Anblick heute. Die Tätowierten schwenken die Flaschen und führen sie zum Mund; in ihrer Lautheit steckt eine Gewalt, vor der ich fliehen muss. Schon in der Schillerstraße, früher als ich wollte, verlasse ich die Straßenbahn und beschimpfe mich: Guter Gott, wirst du langsam verrückt? Vor drei Alkoholikern weichst du zurück, was ist los mit dir? Ich weiß es auch nicht, ich überlege nur, ob ich zur Beruhigung Beckmanns Tagebücher aufschlagen soll. Aber da sehe ich ein großes Schaufenster mit vielen Fernsehapparaten, das mich rettet. Das heißt, es rettet mich nur ein Wort. Im Augenblick, als ich die Fernsehapparate sah, dachte ich das Wort Tagesschau; das heißt, ich wollte es denken, es klappte aber nicht, weil sich das Wort Tagesscheu dazwischenschob. Und jetzt bin ich sicher, dass der Tagesschausprecher eines Tages eine große Stunde haben und nicht die Tagesschau, sondern die Tagesscheu ankündigen wird. Und das Wort Tagesscheu wird so wunderbar einleuchtend sein, dass sich der Bundeskanzler in den Nachrichten scheuen wird, die Verantwortung zu übernehmen, und die Drohungen werden ausbleiben, weil die Scheu, sie auszusprechen, an diesem Abend überwältigend sein wird.

Aus dem Gewimmel der Menschen, die über den Rathenauplatz gehen, tritt der falsche Inder hervor. Zielstrebig und mit strengem Gesicht geht er vorüber, wie immer ohne Tasche, ohne Zeitung, ohne Plastiktüte. Er trägt die Hände frei, er hat niemals etwas zu besorgen. Wie oft habe ich ihn gesehen! Er ist mir ein fremder Bekannter geworden, wenn es das gibt. Immer noch gefällt mir seine enge grüne Hose und seine weiße, halblange Jacke, die vorne mit Messingknöpfen geschlossen ist. Auf dem Kopf trägt er einen weißen Turban mit einer rotgoldenen Brosche. Am auffälligsten sind seine grüngoldenen, mit Perlen besetzten, vorne spitz zulaufenden Schuhe. So geht er umher: wie ein dem Märchen entlaufener Maharadscha. Aber leicht ist zu sehen, dass alles an ihm künstlich ist, etwas mühsam Aufrechterhaltenes, eine peinliche Maskerade. Am liebsten möchte ich ihn anhalten und so lange fragen, bis ich genau weiß, was ihn einst so verstört hat, dass er sich nur noch getarnt zeigen will. Immer noch sind es die abweichenden Menschen, die uns daran erinnern, dass wir zu wenig wissen. Jahrelang hat mich sein Kostüm getäuscht; dann habe ich plötzlich entdeckt, dass in dem Kostüm nicht ein Inder, sondern ein Einheimischer steckt, ein auf stille Weise verrückt Gewordener, der sich mit Auffälligkeit schützt. Seit der Enttarnung interessiert er mich noch mehr. Ich verfolge ihn ein wenig und überlege, ob ich ihn ansprechen soll. Aber ich ahne natürlich, dass sein Kostüm die Aufgabe hat, die ganze Welt von ihm fern zu halten. Früher war seine Hose tadellos, jetzt ist sie verschlissen und zerknittert. Auf den Ärmeln seiner weißen Jacke haben sich Schmutzschatten gebildet. Und doch beeindruckt mich der Hochmut, mit dem er am Fußgängerüberweg auf die vorüberfahrenden Autos herabschaut. Als wüsste er genau, was seine Abweichung wert ist! Ich spüre wieder die Lust, seinem verkniffenen Gesicht nahe zu sein, und während er noch am Straßenrand wartet und hochmütig schaut, rücke ich seitlich von hinten an ihn heran und wage etwas, was ich noch nie gewagt habe und was ich hätte nicht wagen dürfen: Ich sehe ihm aus kurzer Entfernung in die Augen. Das war zu viel Nähe! Kurz danach gilt die Trennung neu und für immer, er schaut böse und bestrafend zurück, er wartet nicht mehr ab, bis die Ampel den Fußgängern grünes Licht zeigt, still und doch aufgeschreckt stürzt er zwischen den langsam fahrenden Autos davon.

Die Mutter küsst den Säugling vorne auf den Mund, der Vater küsst ihn von hinten auf das blonde weiche Haar; wie ein neues Zwischenglied für die Lust der Eltern hält die Mutter den Kopf des Säuglings fest.

Schnell eilt der Junge von Haustür zu Haustür. An seiner linken Seite hängt eine mit Prospekten prall gefüllte Tasche. Vor jeder Haustür bleibt er stehen und schiebt in jeden Briefkastenschlitz einen Prospekt ein. Für jeden Steckvorgang braucht er nur zwei oder drei Sekunden; mit dem kleinen Finger hebt er die Briefkastenklappen hoch, mit dem Daumen drückt er die Prospekte hinein. Es geht nicht immer ganz glatt; in manchen Briefkästen stecken noch die Prospekte von gestern und vorgestern. Dann muss er mit Kraft und Druck das aufgestaute Papier tiefer in die Briefkästen einschieben. Ein dreieckiger bunter Papierzipfel ragt aus jedem Briefkasten heraus; schon nach wenigen Minuten ist an Hunderten von Briefkästen dieses Zeichen zu sehen. Hoch über dem Prospektverteiler suchen die Mauersegler nach Nistplätzen. In der Nähe von Brandmauern älterer Häuser schauen sie aus nach Rissen und Wandlöchern, in die sie eindringen können. Sie rasen mit hoher Geschwindigkeit auf die Mauern zu, bremsen ihre Sichelflüge dann stark ab und verkleinern sich zugleich, damit sie in die Wandlöcher hineinpassen. Jedes Mal wenn ich Mauersegler beobachte, muss ich denken: Jetzt gibt es das erste Vogelflugunglück der Welt, jetzt, jetzt. Natürlich gibt es kein Vogelflugunglück, jeder Mauersegler bremst und macht sich rechtzeitig klein.

Ich betrete das Rialto, das zweitgrößte italienische Café, das es in der Stadt gibt, und stelle mich an die lange Theke, die aus der Tiefe des Raumes bis nach vorne zu den gläsernen Türen reicht. Ich lasse mir einen Espresso und das Telefon geben und wähle Gesas Nummer, obwohl ich so gut wie nichts zu ihr sagen werde. Ich telefoniere nur zum Schein. Gesa nimmt ab. Ich sage: Ich bin im Rialto, willst du Italien hören? Sie sagt: Ja. Dann schweige ich und halte den Hörer in Richtung Theke. Von Zeit zu Zeit will Gesa, wenn sie allein in ihrem Zimmer sitzt, von den Geräuschen einer italienischen Bar unterbrochen werden. Sie liebt das schnelle Aufstellen der Espressoteller auf der Glastheke, das Aufschlagen der Tassen auf den Untertellern, das Einlegen der Löffel neben den gefüllten Tassen, das Schnippen der Eisportionierer, das leichte Sprudeln der Saftpresse, das Hin- und Herrutschen der metallenen Eisbecher auf der Theke, das Pressgeräusch eben gelifteter Flaschendeckel, das Öffnen und Schließen schwerer Eisschranktüren, das Klicken von Eiswürfeln in hohen Gläsern, das Niederfallen von Flaschenöffnern auf eine Marmorplatte, das Zischen der Espressomaschine, das Ausschütten von Kaffeesatz in die hölzernen Müllbehälter. Das will sie hören: das Geräusch eines ferneren Lebens, das eine Minute lang wie eine Verheißung in ihr eigenes Leben eindringt. Nach einer Weile frage ich: Ist es gut? Ja, es ist gut. Gesa lacht, und an ihrem Lachen ist zu erkennen, dass sich ihr Leben einmal um sich selber gedreht hat. Ich sage: Bis später, wir legen auf, ich gebe das Telefon zurück, zahle und gehe.

Vor vier oder fünf Tagen ist ein Mann aus meiner Nachbarschaft ermordet worden. Es war ein kleiner dunkelhäutiger Asiate, ein Inder vermutlich. Ich kannte ihn nur vom Sehen. Er stand Tag und Nacht in einer Bratwurstbude in der Rothschildallee und war zufrieden. Bevor er den Verkaufskiosk übernahm, war er nachts von Restaurant zu Restaurant gelaufen und hatte Rosen verkauft. Er sparte für die Bude, in der er nun ermordet worden ist. Ich bin fast jeden Tag an seinem engen Häuschen vorbeigekommen und habe zu ihm reingeschaut. Eines Tages haben wir uns gegrüßt. Die Verlorenheit, die er anfangs zeigte, verflüchtigte sich bald. Ich kann nicht genau sagen, was mir an ihm gefiel. Ich fand seine Existenz phantastisch. Wenn ich ihn sah, fragte ich mich: Wie war es nur möglich, dass dieser kleine Mann aus einer Hungerhütte vom anderen Ende der Welt den Weg in eine Fresshütte an der Rothschildallee fand? Und dann schlage ich eines Morgens die Zeitung auf und muss lesen, dass man ihn erstochen hat. Niemand hat es gesehen, niemand hat etwas gehört. Es muss nachts geschehen sein. In der Zeitung hieß es, es hielt ein Auto, zwei oder drei Männer stiegen aus, der Inder hielt sie für gewöhnliche Besucher, wie sie jede Nacht bei ihm vorbeikamen. Die Männer brachten ihn schnell um, leerten die Kasse und fuhren weiter. Das Schlimme ist: Ich habe geahnt, dass man ihn eines Tages umbringen wird. Er war voll naiver Lebensfreude. Er fühlte sich gerettet. Er wusste nicht, wem er dankbar sein sollte. Deswegen grüßte er jedermann, der an seiner Bude vorüberkam. An dieser ziellosen Dankbarkeit war zu sehen, dass er gefährdet war. Schlichtheit des Glücks ist gefährlich in einem Land wie dem unsrigen, in dem das Glück so kompliziert geworden ist. Ich habe ihn ernst angeschaut. Ich wollte ihn warnen. Aber er hat alles missverstanden. Ich bekam die Angst, die *er* hätte bekommen sollen. Ich traute mich nicht, zu ihm in die Bude zu gehen und zu sagen: Gehen Sie vorsichtiger mit Ihrem Glück um. Ich kann mir seine Mörder vorstellen; es müssen junge Männer gewesen sein, die einen missratenen Abend hinter sich hatten. Die Bratwurstbude war nur zwei Tage lang geschlossen. Jetzt steht wieder ein junger Mann hinter der Theke. Er zeigt dasselbe Ungeschick wie einst sein Vorgänger. Zum Glück ist er wenigstens nicht dankbar. Er sieht aus wie die, die er bedient. Vermutlich kommt er mit dem Leben davon.

Paul und ich haben ein neues Spiel erfunden: Wir stellen die Enge in modernen Selbstbedienungscafés dar. Jeder von uns nimmt sich ein Tablett und geht langsam und schauend zwischen den Tischen, Stühlen und Bänken umher. Obwohl wir sehen, dass kein Platz mehr frei ist, verschwinden wir nicht. Manche Gäste schauen uns fragend an: Warum kommt ihr in ein überfülltes Café? Die Antwort darauf wäre leicht: Es gibt nur noch solche. Aber man kann uns nichts anhaben; wer ein Tablett in der Hand hält, und sei es ein leeres, kann nicht entfernt werden. Einige Gäste rücken enger zusammen und geben uns Zeichen, dass wir neben ihnen Platz nehmen können, auch wenn wir dann Körper an Körper sitzen. Unser Spiel sieht an dieser Stelle eine Täuschung vor. Wir gehen zum Schein auf die Angebote ein, nähern uns also mit unseren Tabletts den mühsam frei gedrückten Plätzen, erwecken dann aber den Eindruck, dass wir doch erheblich mehr Bewegungsfreiheit benötigen, dass die anderen Gäste noch enger zusammenrücken müssen, wenn sie uns neben sich haben wollen. Und tatsächlich folgen die Menschen unseren empfindsam und zugleich unwirsch vorgebrachten Aufforderungen, jedenfalls einige. Sie verdünnen sich, wie sie es nennen, noch mehr, einige ziehen die Schultern hoch und verzichten sogar darauf, ihre Arme frei bewegen zu können. Hauptsache, sie kommen mit einer Hand noch an ihre Kaffeetasse. Andere Gäste werden unmutig und unfreundlich und sind nicht mehr damit einverstanden, dass man weiter auf uns eingeht. Das ist der Punkt, auf den es uns ankommt. Jetzt sind die Menschen durch das Missverständnis der Gemütlichkeit hindurchgegangen und sind dicht vor der Entdeckung, dass irgendetwas nicht stimmen kann. Aber was? Jetzt wird es Zeit für uns, die Tabletts abzustellen und zu verschwinden.

In der HARMONIE läuft ein neuer Film von Alexander Kluge. Schon am ersten Abend wird das Kino voll. Es strömt zusammen, was sonst nur die Minderheit sein darf, Gesa und ich sind auch dabei. Es ist wie ein Heimatabend für die neuen Vertriebenen. Schon nach den ersten Bildern breitet sich die Freude aus, die wir hier erwartet haben. Es ist die anrührende Stimme von Alexander Kluge, deren Klang Zuhörer aus uns macht. Es wird schnell still im Kino, zweihundertfünfzig oder dreihundert Menschen haben den thüringischen Akzent des Erzählers in den Ohren. Ausgebreitet wird die Geschichte einer jungen Frau, die unglücklich mit der Wirklichkeit kämpft und dann fliehen muss. Ihr Gesicht ist in sich gekehrt und von einem hohen Mantelkragen halb verdeckt. Mit einem kleinen schwarzen Koffer in der Hand hastet sie durch Straßen, durch die wir auch schon gehastet sind. Später, nach dem Kino, laufen wir eine Weile wie Alexander-Kluge-Figuren umher. Nur der Koffer fehlt, sonst stimmt alles. Und es fehlt die Stimme von Alexander Kluge, es gilt wieder die stimmlose Wirklichkeit. Gesa erzählt eine kleine Geschichte. In einer Schlachterei gab mir ein Metzger einen blutigen Zehnmarkschein in die Hand und lachte dazu. Zuerst wollte ich den Schein zurückgeben, sagt Gesa, aber das Lachen des Metzgers war so bestimmend, dass ich mich nicht traute. Ich ließ den Schein in meine Einkaufstasche fallen; draußen auf der Straße holte ich ihn heraus und reinigte ihn mit einem Papiertaschentuch. Ein Kind hat mich dabei beobachtet und hat mich für eine Verbrecherin gehalten. Nie im Leben habe ich Blut abgewaschen!, ruft Gesa aus. Mir gefällt die Geschichte, obwohl ich nicht recht glauben mag, dass sie wahr ist und dass es sich um eine Geschichte von Gesa handelt. Sie könnte viel eher der fliehenden Frau in Kluges Film zugestoßen sein. Aber Gesa erfindet keine Geschichten, schon gar keine effektvollen. Im hell erleuchteten Schaufenster eines Lederwarengeschäfts lese ich auf einem kleinen Schild das Wort Attaché-Koffer, ich lese das Wort und denke beim Lesen das Wort Attentats-Koffer. Ich will Gesa meine kleine Verwechslung mitteilen, aber wieder habe ich das Gefühl, der Fehler gehört gar nicht mir, sondern wieder der fliehenden Frau aus Kluges Film, natürlich, wer flieht, macht laufend solche Fehler, das kennt man. Am besten wird sein, ich behalte meine Verwechslung für mich, noch besser wird sein, wir warten eine Nacht und einen Tag, bis dieses Kunstgefühl verschwunden ist, das so oft nach Kinobesuchen unser Denken beherrscht, diese Beraubung, die uns mit der Einbildung schreckt, dass es nichts Eigenes mehr zu sehen und zu sagen gibt.

Ich bleibe an einer Schaufensterscheibe stehen, halte mit der linken Hand den Regenschirm, lege mir Max Beckmanns Tagebücher in die rechte Hand und fange an zu lesen. Sofort bin ich abwesend. Ich lese und nehme zugleich den Lärm der Straße in mich auf, das geht, der Lärm beeinträchtigt das Lesen nicht. Ich hebe zwischen einzelnen Sätzen von Beckmann den Kopf und fühle, dass ich in den Sekunden des Aufschauens einzelne Personen ohne nähere Prüfung ablehne. Zum Beispiel einen jungen Mann, der sich als Regenschutz eine alte, zerknitterte Plastiktüte über den Kopf gezogen hat; sein Tütenkopf sieht aus, als sei der obere Teil seines Körpers schon zu Müll geworden. Ich blicke dem Tütenkopfmann immer noch nach und lehne ihn dabei immer noch ab; deswegen wollen mir fast die Tränen kommen, aber sie treten doch nicht hervor, ein Wind bläst mir ins Gesicht und treibt sie wieder zurück. So bleiben Schuld und Wut nur in meinen Augen stehen. Die Sätze von Beckmann, die mir am besten gefallen, habe ich seit langem mit Bleistift angestrichen. Zum Beispiel diesen: «Ich habe mich mein ganzes Leben bemüht, eine Art ‹Selbst› zu werden. Und davon werde ich nicht abgehen und es soll kein Winseln um Gnade und Erbarmen geben, und sollte ich in aller Ewigkeit in Flammen braten» (4. Mai 1940). Nur ein paar Seiten weiter, die ich schnell umblättere, finde ich einen anderen Lieblingssatz: «Ich bin immer wieder erstaunt und wundere mich, noch die Kraft zu haben, irgendetwas zu wünschen, denn im Prinzip ist man als vernünftiger Mensch überzeugt, dass alles Unsinn ist» (17. November 1946). Es dauert kaum eine Minute, dann spüre ich, dass die einfache Lektüre dieser Sätze mich stärkt. Ein Glück geht von ihnen aus und wandert im Regen in mich hinein und flüstert mir zu: Wenn die Einsamkeit wirklich und endgültig und notwendig ist, dann darf sie auch großartig sein, dann muss sie herausführen aus der Schuld der Entfernung von den anderen und hineinführen in die extravagante Unverständlichkeit des Überlebens. Plötzlich öffnet sich neben mir die Tür des Kosmetikgeschäfts, an dessen Schaufenster ich lehne und lese. Nimmt man Anstoß an mir? Aber es erscheint nur eine gepflegte Frauenhand mit tiefrot bemalten Fingernägeln und schüttelt mit zierlichen Bewegungen einen Staublappen aus. Fünfmal lässt die Frau ihre kleine Hand am Gelenk hochzucken, fünfmal fällt der kleine Staublappen unter ihrer Hand auseinander, dann verschwindet die Hand hinter den gläsernen Türen.

Groß sind die Anstrengungen, das Bild des Landes freundlicher zu machen. Seit Jahren werden die alten, von den Kriegen übrig gebliebenen Gebäude nicht mehr abgerissen, sondern restauriert und mit neuen Farben frisch gemacht. Die fast immer gehetzten Bewohner sollen sich an ein paar angenehmen Anblicken erfreuen können! Abends und nachts ereignen sich in den Sälen und Hallen prächtige Feste; die Damen und Herren, die in der Stadt Geltung haben, finden sich ein und empfangen sich wohlgelaunt. In den Theatern und Museen gibt es die ernsteste und höchste Kunst, die zu verstehen wir unsere ganze Bildung brauchen. Weniger komplizierte Menschen treffen sich unter freiem Himmel, in Gärten und Lauben; sie scherzen und zeigen sich ihre neuesten Kinder und vertrauen auf die Haltbarkeit ihres Glücks. Am Abend fahren sie allesamt in glitzernden Autos und eleganten Stadtbahnen nach Hause und verabreden sich aufs Neue. Und morgens, nach all den Festen, Zusammenkünften, Besprechungen und Debatten kommen viele ausländische Frauen und Männer aus ihren kleinen Wohnungen heraus und reinigen die Büros, die Galerien, die Foyers, die Suiten und Hallen, damit das fröhliche Leben dort weitergehen kann, wo es am Abend zuvor aufgehört hat. Und doch, warum ist das Land im Innersten so widerspenstig und bessert sich nicht? Warum bleibt es kühl und lässt sich nicht erweichen? In den Cafés, wo die Menschen frei und unbeobachtet sein könnten, zeigt sich ihr Misstrauen öffentlich. Sie ziehen ihre Mäntel und Jacken nicht aus, sie nehmen ihre Hüte und Mützen nicht ab. Sie trinken ihren Kaffee, aber sie schauen zu den Fenstern und haben immer die Tür im Blick. Die Zahl der Menschen, die in jeder Minute aufbruchsbereit sein wollen, wird größer. Es gibt wieder Angst vor Deutschland. Das Land bemerkt es nicht; es hört seinen Selbstbelobigungen zu, und weil es von Jahr zu Jahr unwiderstehlicher wird, hat es immer genug zu staunen. Doch die Menschen sitzen mit hochgeschlagenen Kragen in den Cafés und haben die Türen im Blick.

Alle Vögel, nicht nur die Spatzen und Tauben, auch die Singvögel werden allmählich klein und grau und schäbig. Die Anpassung an das Leben in der Stadt bringt sie um ihre Schönheit. Nur die wenigen Möwen sind ausgenommen; sie fliegen unter den Brücken hindurch und bleiben weiß, überheblich und schön.

Schnell fährt die U-Bahn dahin. Ein ungefähr zehnjähriges Mädchen, das auf einer neuen Mundharmonika spielt, sitzt mir gegenüber. Neben dem Mädchen eine jüngere Frau, wahrscheinlich die Mutter. Durch aufpasserisches Hinsehen gibt sie zu erkennen, dass das Kind zu ihr gehört; zugleich ist in ihrem Dasitzen auch etwas Abgewandtes und Schmerzvolles versteckt, das sie zwingt, in einer unbegriffenen Einsamkeit zu leben. Die falschen und doch zarten Töne, die das Mädchen hervorbringt, passen zur Erschöpfung der Fahrgäste. Einige drehen sich nach dem Mädchen um und erinnern mit schönen und müden Blicken an ihre eigene Jugend, die lange hinter ihnen liegt. Die Mundharmonika ist dem Mädchen offenbar erst vor kurzem gekauft worden. Im Schoß des Kindes liegen Einwickelpapier, Einkaufszettel, Garantieschein und eine Schachtel. Das Kind fasst auch das Verpackungsmaterial zwischendurch immer wieder an und freut sich an dessen Neuheit. Die Frau kann am Vergnügen des Kindes nicht recht teilnehmen; das ist merkwürdig und scheint sie selbst zu verwundern. Beaufsichtigend und doch leer, beurteilend und doch gleichgültig schaut sie auf das Kind. Schon zum zweiten Mal phantasiere ich den Anfang einer Geschichte: Der Schmerz der Frau rührt daher, dass sie jeden Tag arbeiten und das Kind in fremde Hände geben muss; und wenn sie das Kind am Abend trifft, kommt es immer nur zu einem traurigen Wiedersehen, aber zu keinem gemeinsamen Leben. Da sagt die Frau plötzlich auf die sauber in der Mitte gescheitelten Haare des Mädchens den Satz herunter: Gisela, hör auf, du kannst es nicht. Der Satz ist wie ein Bann. Augenblicklich nimmt das Kind das Instrument von den Lippen. Es schaut zuerst in das Gesicht der Mutter und wandert kurz in deren Einsamkeit umher, dann lässt es den Blick still in der U-Bahn umherschweifen wie die anderen Fahrgäste auch. Dieses überraschend einsetzende allgemeine Beobachten muss das Zeichen dafür sein, wenn eine Person in die Weltverlorenheit eintritt. Ich überlege, ob ich den Platz wechseln soll; ich will nicht dabei sein, wenn sich Giselas zielloses Umherschauen in das haltlose Glotzen der Verlorenen verwandelt. Aber der Umschlag bleibt aus. Giselas Blick heftet sich stattdessen an die schadhafte, löchrige Stelle an meiner Hose. Ich spanne das Bein ein wenig an, sodass sich, auch für mich zum ersten Mal, das brüchige Gewebe über dem Knie öffnet. Giselas Gesicht wird von einem schönen Lachreiz bewegt. Die Mutter bemerkt unser Spiel nicht. Das ist Gisela und mir recht, dann kann ich die kleine Nummer wiederholen. Gisela hebt schon das Instrument vor das Gesicht; vermutlich will sie ihr Vergnügen vor den Blicken der Mutter schützen. Aber wir müssen trotzdem aufpassen. Die Mutter ist kalt und einsam und beim Beobachten argwöhnisch und schnell.

In der Stunde der Selbstverengung, wenn mich die Empfindsamkeit in die Isolation und die Isolation in den Hochmut treibt, gehe ich in das Café Heimatland und schaue der Kellnerin bei der Arbeit zu. Die Frau weiß nicht, dass sie mich ins Leben zurückholt und dass ich nur deswegen ins Café Heimatland gehe. Sie hat, glaube ich, noch nicht einmal bemerkt, dass ich zu ihren Stammgästen gehöre. Denn ihr auffälligstes Kennzeichen ist ihr mangelhaftes Gedächtnis; oder ist es ihre Schusseligkeit, die mich allerdings genauso beeindruckt? Jedenfalls kann sie sich nicht merken, wer was bei ihr bestellt hat, auch dann nicht, wenn nur sechs oder sieben Leute im Café sind. Sie kommt wie immer mit einem kleinen Notizblock und einem Kugelschreiber an meinen Tisch. Ich bestelle einen Espresso und einen Grappa. Aber sie macht sich keine Notizen; sie legt den Notizblock schreibbereit vor sich hin, schaut mir in das Gesicht, nickt und kommentiert die Bestellung, steckt den nicht benutzten Notizblock und den Kugelschreiber in ihre Schürzentasche und geht weg. Nach einer Weile steht sie mit zwei Gläsern Wein, einer Minestrone, einem Espresso und einem Grappa am Buffet und schaut in den Raum wie ein Kind, das zum ersten Mal in seinem Leben einen Auftrag ausführen soll und dabei scheitert. Sie steht an der Theke, blickt versagend umher und wartet, dass ein Gast den Arm hebt und sagt: Die Minestrone ist für mich! Und das Paar am Fenster soll rufen: Die beiden Weine kommen hierher! Wenn sich niemand meldet, geht sie mit den Bestellungen im Lokal umher und fragt die Gäste einzeln. Ich schaue zu und bin elektrisiert von der Fähigkeit der Frau, ihr Problem zum Problem der anderen zu machen. Es genügen zwei oder drei Minuten, dann hat sie mich, ohne es je zu erfahren, auf die Seite des dreisten Lebens herübergezogen; dann weiß ich wieder, dass alles, was passiert, auch passieren darf. Wenigstens für einen Spätnachmittag hat mir die Kellnerin die Lebendigkeit zurückgegeben. Ich habe diese Riesenbestellung nicht aufgegeben, wie könnte ich, aber ich nehme sie dankend an. Ich hebe den Arm, und erst jetzt, mit der für sie typischen Verspätung, erkennt sie, dass sie mich schon öfter hier gesehen hat und dass ihr auch meine Bestellung, Espresso mit Grappa, bekannt vorkommt. Erleichtert stellt sie das Tablett auf meinem Tisch ab, lächelt, schiebt den Grappa nah an mich heran und öffnet sogar das kleine Milchdöschen. Da stößt ihr ein Missgeschick zu: Sie reißt die Lasche des Döschens zu heftig und zu tief auf, ein wenig helle Sahne spritzt auf den dunklen Ärmel meiner Jacke. Die Kellnerin zuckt zusammen und entschuldigt sich, sie sieht sich nach einer Serviette um, aber sie sieht nichts und findet nichts, sie stürzt wortlos zurück zum Buffet, wahrscheinlich will sie dort nach einem Lappen suchen oder nach einer Serviette. Aber ich weiß schon jetzt, dass sie unterwegs vergessen wird, warum sie zum Buffet zurückeilt, zumal sie im Augenblick von zwei Gästen zugleich angesprochen wird. Und so geschieht es. Ich bleibe allein mit dem Sahnefleck. Ich schaue auf diesen runden und hellen, ich möchte sagen: auf diesen kräftigen Punkt auf meinem Ärmel. Und ich weiß in diesem Augenblick: Ich werde nichts gegen den Fleck unternehmen. Der Fleck ist die Erinnerung und das Zeichen meiner Rückkehr in diesen Tag. Ich sehe zu, wie die Sahne in das Gewebe eindringt. Der Fleck wird dabei ein wenig größer. Nach einiger Zeit kehrt die Kellnerin in das Lokal zurück. Sie freut sich, dass ich meinen Espresso und meinen Grappa habe, und lächelt mich an. Den Fleck hat sie vergessen.

Eine sich plötzlich von der Straße erhebende Taube streift eine halbe Sekunde lang mein Gesicht. Es ist nur ein Schreck, aber der Schreck bringt die Überzeugung hervor, dass ich beeinträchtigt, beschmutzt, vielleicht gar verletzt bin. Ich greife mir ins Gesicht, aber der Eindruck der fremden Übertretung verschwindet nicht. Neben dem Eingang einer Apotheke sehe ich einen Spiegel. Ich stelle mich davor und kontrolliere mein Gesicht. Es ist nicht verletzt, nicht beeinträchtigt, nicht beschmutzt. Erst nach dieser Kontrolle kann ich auflachen: Guter Gott, es war doch nur eine Taube!

Vor der Schaufensterscheibe eines Radio- und Fernsehgeschäfts stehen ein paar Zuschauer. Im Inneren des Schaufensters läuft ein Fernsehapparat, dessen Ton nach draußen übertragen wird. Gezeigt wird das Programm zweier Komiker, die sich in einem Konzert befinden. Mein Herr, sagt der erste Komiker, benehmen Sie sich, wir sind hier in einer Philharmonie. Ja, das stimmt, sagt der zweite Komiker, man hat mir gesagt, dass hier Harmonie herrscht. Der erste Komiker lobt die Geigerin und sagt: Die Solistin hat einen tollen Strich. Strich?!, ruft der zweite Komiker, sagen Sie mal, kenn ich die?! Nach diesem Missverständnis-Schema geht die Unterhaltung weiter. Nach jedem Witz spielt das Fernsehen fertiges Gelächter vom Band ein. Die Zuschauer vor der Schaufensterscheibe bleiben stumm; einige von ihnen haben die Augenbrauen vergnügungsbereit hochgezogen, aber zu einem richtigen Lachen kommt es nicht. Nicht das künstliche Kichern und Lachen macht die Vorführung unheimlich, sondern das offenkundige und unbemerkte Einverständnis der zuschauenden Menschen mit ihrer eigenen Verhöhnung. Wenigstens zwei von ihnen geben mit einem kleinen Zucken im Gesicht ihre Ungeduld und ihre Enttäuschung preis; von ihnen nehme ich vorschnell an, dass sie bemerken, wie unwürdig sie unterhalten werden. Und ich warte darauf, dass sie wie wirklich Beleidigte den Ort ihrer Beleidigung verlassen.

Die Hose des jungen Mannes ist makellos gebügelt, das Hemd ebenso, der Schal im Halsausschnitt sitzt wie modelliert. Weiße Manschetten schauen aus seinen Jackenärmeln heraus und geben den vorsichtigen Bewegungen seiner Hände eine dekorative Einrahmung. Die Jacke ist wie für seine Figur erfunden; nirgendwo eine Rutschfalte, nicht unter den Armen, nicht auf dem Rücken. Zum zweiten Mal zieht er aus seiner linken Hosentasche ein weißes, unbenutztes Taschentuch heraus und betupft sich Stirn und Lippen. Vorsichtig schiebt er das Taschentuch in die Hosentasche zurück, damit in der Hose keine Ausbuchtung entsteht. Von Zeit zu Zeit blickt der junge Mann an sich herunter und freut sich an seiner einwandfreien Erscheinung. Auf den Mittelstücken der Sohlen seiner ebenfalls neuen Schuhe prangen noch die Preisschilder. Es sind kleine signalrote Aufkleberchen, die unverschämt aufdringlich unter den Schuhen hervorleuchten, sobald der junge Mann die Füße hochstellt oder die Beine übereinander legt. Die ersehnte Seriosität stellt sich nicht ein, man starrt auf den rot schreienden Sensationspreis der Schuhe. Zur Strafe dafür, dass er sich zu sehr mit den Waren gemein gemacht hat, wird er heimlich von ihnen verraten. Seine ganze Erscheinung: ein Sonderangebot.

Ich komme an einem mit Gerümpel und Geröll beladenen Müllcontainer vorbei. Obenauf liegt ein altes Fotoalbum. Ich ziehe das Album heraus und öffne es. Es ist voll geklebt mit Familienfotos aus den dreißiger und vierziger Jahren. Es sind kleine, ordentlich eingeklebte Schwarzweißfotos mit gezackten Rändern. Unter den meisten Fotos stehen handschriftliche Eintragungen: «Gustl in Bad Kissingen 1941» oder «Die unvergessliche Mai-Bowle bei Familie Greiner». Im hinteren Teil des Albums befinden sich Urlaubsbilder. «Madeira 1939» steht darunter oder «Silvester in Bad Tölz». Obwohl mir die Bilder peinlich sind, rührt mich das Album. Dreißig oder vierzig Jahre lang ist es von jemandem aufbewahrt worden, jetzt endet es im Dreck. Immer wieder sind ein Karl oder eine Emilie oder eine Käthe mit ihren Enkelkindern Sybille oder Hannelore oder Ulrich zu sehen. Die Spießigkeit, die von den Bildern ausgeht, ist alt und deutsch und wirkt noch immer. Trotzdem wächst auch das Bedürfnis, das Album zu retten. Ich möchte es irgendwohin tragen, wo es weitere vierzig oder fünfzig Jahre in Sicherheit ist. Eines Tages wird eine Sybille, eine Hannelore oder ein Ulrich erscheinen und will es wiederhaben. Ich schlage es zu und nehme es an mich. Es ist schön, mit einem alten Fotoalbum in einer Straße zu stehen und die vollkommene Haltlosigkeit des Lebens zu spüren. Aber es gibt leider kein Amt, das alte Fotoalben so lange aufbewahrt, bis jemand an die Tür klopft und sie wiederhaben will. Ich lege das Album auf eine Bank, an der viele Menschen vorübergehen, und beobachte aus einiger Entfernung, was mit ihm geschieht. Viele Personen bemerken das Album, aber sie interessieren sich nicht und gehen weiter. Erst ein ungefähr zwölfjähriges Mädchen setzt sich auf die Bank, legt sich das Album in den Schoß und schlägt sorgfältig Seite um Seite um. Offenbar betrachtet es jedes einzelne Foto. Ich spüre, dass ich auf seine ruhige Art des Schauens neidisch werde. Ich hätte nicht so schnell aufgeben sollen! Ich hätte mir einen Platz suchen, ich hätte mir eine Menge Zeit lassen und mich den Bildern hingeben sollen. Jetzt weiß ich: Ich möchte das Fotoalbum doch wiederhaben. Wenn das Mädchen mit dem Durchblättern zu Ende ist, werde ich es mit nach Hause nehmen, mir eine Tasse Tee machen und die Bilder ruhig betrachten. Ich beobachte das Mädchen und warte, dass es fertig wird. Es scheint klug zu sein. Es blickt immer wieder auf und vergleicht das Aussehen der heute lebenden mit dem Aussehen der abgebildeten Personen. Einen besseren Gebrauch eines fremden Fotoalbums kann man sich gar nicht denken! Plötzlich erhebt sich das Mädchen und legt das Album nicht wieder zurück. Es hält es sorgfältig in der linken Hand und geht damit weg. Es ist unglaublich, es nimmt mein Fotoalbum mit.

Der Sahnefleck auf meinem Jackenärmel, den ich der vergesslichen Bedienung aus dem Café Heimatland verdanke, ist nicht groß. Er verblasst, aber er verschwindet nicht. Fast immer genügt ein Blick von Fremden auf den Fleck: Und ich bin als nicht recht zugehörig eingestuft. Ein Blick ist das schnellste Urteil; es braucht nicht mehr als eine Sekunde Herstellungszeit. Ich trage den Fleck erst seit kurzer Zeit, und seither habe ich erfahren: Es sind eine große Anzahl Schnellrichter unterwegs. Sobald sie den in der Wolle festgesaugten Punkt erblicken, packt sie eine kleine Reserviertheit, die wie ein Ruck durch sie hindurchgeht. Sie zucken deutlich sichtbar ein paar Millimeter zurück. Ich rede nicht über den Fleck, ich erkläre ihn nicht, ich entschuldige ihn nicht, ich beseitige ihn nicht, ich verberge ihn nicht. Es entsteht der Eindruck, dass ich in voller Übereinstimmung mit ihm lebe, und ebendas scheint das Unannehmbare zu sein. An manchen Nachmittagen werde ich von flüchtigen Passanten so oft abgelehnt, dass mir ein wenig schwindlig wird. Dann denke ich fast schon über den Fleck nach. Dabei soll mich der Fleck nur an die große Aufgabe erinnern, dass ich ohne die Urteile der anderen leben will. Man muss durch die Welt gehen wie durch einen einsamen Wald.

Zwischen den Tischen des Cafés geht ein kleiner Junge umher. Seine Mutter sitzt allein und liest. Plötzlich, in der Nähe des Fensters, lässt der Junge einen leisen Kinderfurz entweichen. Gleich weist das Kind mit der Hand hinaus auf die fahrenden Autos und macht dazu: Brmmm, brmmm, brmmm. Nein, sagt die Mutter, das waren nicht die Autos, das warst du. Beschämt holt der Junge am Tisch der Mutter seinen Geldbeutel, öffnet ihn und lässt nacheinander die wenigen Gäste hineinsehen. Jeder, der seine Verfehlung hat hören müssen, darf seinen schönsten Schatz sehen, eine tote Wespe. Wohlbehalten liegt der flaumige Körper des toten Tieres zwischen ein paar Münzen.

Spätnachts komme ich nach Hause in mein Zimmer; ich stelle den Fernsehapparat an. Es läuft eine futuristische Oper mit starken Farben, schrillen Tönen und einigen an den Bühnenrand gedrängten Sängern. Ich öffne das Fenster, der Autolärm dringt ins Zimmer und passt sofort zur Oper.

Tag für Tag sitzt der junge Herr Magnapane in seiner kleinen Änderungsschneiderei. Von Zeit zu Zeit schaut er an den Wänden hoch und betrachtet die farbigen Kalenderbilder aus seiner italienischen Heimat. Wenn seine Frau nicht gerade kocht oder die beiden Kinder versorgt oder den Laden reinigt, sitzt sie an der zweiten Nähmaschine und hilft ihrem Mann. Die Magnapanes arbeiten zuverlässig und preiswert. Obendrein sind sie freundlich. Ihr Geschäft ist beliebt. Und trotzdem reicht es nicht, was der Laden für die Familie abwirft. Abends, nach Feierabend, zieht Herr Magnapane seine rot-schwarz karierte Jacke über, steckt sich eine Zigarette an und fährt mit seinem Fahrrad stumm in den Seitenstraßen umher. Er sieht dann aus wie ein verdutzter Mensch, der nicht versteht, dass sich seine Rechtschaffenheit so schlecht auszahlt. Deswegen versucht Herr Magnapane immer wieder, einen Geschäftsmann größeren Stils aus sich zu machen. Einmal stellt er neue Bügeleisen in sein Schaufenster, dann bietet er einen Sonderposten Kaffeegeschirre an, er vermittelt Ferienappartements an der Riviera oder er lässt seine Frau Kinderjäckchen stricken, die er ebenfalls in seinem Schaufenster feilbietet. Aber es liegt kein Glück über seinen neuen Geschäften. Niemand kauft ein Bügeleisen bei ihm, keine junge Mutter zieht ihrem Säugling ein von Frau Magnapane gestricktes Jäckchen über. Die Leute machen ihre Anschaffungen in den großen Kaufhäusern. Vielleicht wollen sie auch nicht sehen, dass jemand mit seinen Angelegenheiten nicht ganz zurechtkommt. Aber Herr Magnapane gibt nicht auf. Seit einiger Zeit wendet er sich nicht mehr an das kleinbürgerliche, sondern an das bessere Publikum: Er hat zwei hellbeige, makellose Abendanzüge mit weißen Westen und dunkelroten Brusttüchern nebeneinander in sein Schaufenster gehängt. Es sind hochelegante Bekleidungsstücke, die sonst nur in anderen Erdteilen oder in Abenteuerfilmen vorkommen. Hier schauen sie als wundersame Fremdlinge aus dem Schaufenster eines armen Italieners heraus. Und verkaufen sich nicht. Drei Wochen lang hängen sie jetzt schon im Fenster und werden von niemandem verlangt. Heute zog Herr Magnapane selbst einen der beiden Anzüge an, setzte sich auf sein Fahrrad und fuhr wie ein Prinz durch das Viertel. Auf seinem Fahrrad sah er aus wie ein Hollywood-Schauspieler in einer Drehpause. Es kann sein, dass Herr Magnapane ein bisschen verrückt geworden ist und es noch nicht weiß. Er drehte enge Kurven und schaute dem Flattern seiner eigenen Anzugjacke nach. Mir hat Herr Magnapane gefallen, obwohl ich auch denken musste: Vielleicht ist er an einem Punkt angelangt, wo er ... aber nein, ich vermute nichts mehr. Herr Magnapane fährt in einem der Anzüge spazieren, die er gern verkaufen möchte; weiter ist nichts.

Es ist später Nachmittag, und ich bin froh, dass ich nach Hause komme. Ich beginne sofort, die in mich eingedrungene Nervosität der Stadt abklingen zu lassen, das heißt, ich lege mich hin und überrede mich zur Ruhe. Aber kaum liege ich, reißt mich ein Rest der Nervosität wieder hoch und veranlasst mich, den Fernsehapparat einzuschalten. Ich bin auf nichts gefasst außer auf ein paar nichts sagende Bilder. Aber plötzlich interessiert mich ein Bericht über eine Brandkatastrophe in Bologna. Ein siebenstöckiges Hotel steht in Flammen. Ich schaue hin und schaue hin, und dann kenne ich den Grund meines Interesses: Ich selbst habe schon in dem eben abbrennenden Hotel gewohnt. Das Feuer ist am frühen Morgen ausgebrochen, sagt der Sprecher, alle achtzig Gäste sind ums Leben gekommen. Ich erinnere mich an das Zimmermädchen, ein fünfzehnjähriges Kind; wenn sie die Stelle nicht gewechselt hat, ist sie jetzt tot. Sie hat jeden Tag das Zimmertelefon geputzt, ich habe ihr manchmal dabei zugeschaut. Sie nahm das Telefon vorsichtig in die Hände, hob es in die Höhe, wischte es zart ab und stellte es auf das Nachtschränkchen zurück. Erst am Tag der Abreise habe ich bemerkt, dass das Telefon nicht funktionierte. Nur weil ich öfter gesehen hatte, wie das Telefon geputzt wurde, hatte ich angenommen, dass das Telefon in Ordnung sei. Ich sehe das Hotel brennen und spüre, dass sich die Nervosität wieder steigert. Ich muss in der Wohnung umhergehen und feststellen, ob es nicht auch hier brennt. Ich hebe den Hörer meines Telefons ab und bin für ein paar Augenblicke zufrieden, weil ich das Tuten höre. Aber all das genügt heute nicht. Ich muss mein Zimmer verlassen und muss das Haus, in dem ich wohne, von außen sehen. Ich stelle das Fernsehgerät ab und gehe auf die Straße. Ich sehe das nicht brennende Haus und muss denken: Es schützt dich nicht wirklich, es tut nur so wie alle Häuser. Die Geschäfte ringsum schließen gerade. In einem Blumenladen wird der Boden geputzt. Ich betrete das Geschäft und sehe eine ungeheuerliche Putzfrau, die auf den Knien auf dem Boden herumrutscht. Es kommt niemand, und ich habe Zeit, der langsam sich über den Boden schiebenden Frau beim Putzen zuzuschauen. Etwa zwei Minuten lang bleibe ich allein, und in diesen zwei Minuten verliere ich die Angst und kehre ins Leben zurück. Ich beobachte den gewaltigen rechten Oberarm der Frau, wie er sich mühsam streckt und den Putzlumpen in die Ecken stößt, ich höre das Stöhnen und Ächzen der Frau, es ist abstoßend und belebend. Plötzlich sieht sie meine Hosenbeine hinter sich stehen. Sie erschrickt und ruft jemanden. Eine junge Frau kommt aus den hinteren Räumen nach vorne, ich kaufe etwas und verschwinde.

Eine Kassiererin zieht ein Preisschild von einer Dose Konserven herunter und klebt es sich auf den Unterarm. Ich warte, dass sie es wieder entfernt, aber sie ist zu sehr mit dem Eintippen von Warenbeträgen beschäftigt. Ich starre auf das Preisschild auf dem Unterarm und spüre das Bedürfnis, die Kassiererin an der Hand zu nehmen, sie aus dem Supermarkt herauszuführen. Aber ich weiß, dass mein Wunsch, unmittelbar und sofort in einer würdigeren Welt zu leben, nur die Gestalt meines Wahnsinns ist, der auf seine Gelegenheit wartet. Wüsste ich es nicht, wäre ich diesen Gelegenheiten jeden Tag nahe. So aber nehme ich meinen Blick von ihrem Arm wie von einer drohenden Krankheit und entferne mich unauffällig. Draußen, auf der Straße, durchreißt mich ein kurzer Schmerz. Dann laufe ich so umher, wie die anderen es von mir erwarten dürfen.

Ich sollte wieder einmal in das alte MGM-Kino in der Schäfergasse gehen. Es ist ein schönes hohes Kino; die Wände sind mit rotem Samt ausgeschlagen, die Decke, die Teppiche und die alten Sessel sind rot, und der Vorhang, der von der Decke bis zum Boden herunterhängt, ist ebenfalls rot. Wenn sich der Vorhang öffnet, breitet sich im Publikum Schweigen aus. Viele erleben zum ersten Mal mit, wie es ist, wenn sich ein hoher Vorhang schleppend öffnet. Bevor es dunkel wird, ertönen drei Gongs, und die beiden erleuchteten Kästchen mit der Inschrift NOTAUSGANG rechts und links über den ebenfalls rot zugehängten Notausgängen verschwinden in weiter Ferne, so groß ist das Kino. Allerdings kostet der Eintritt fünfzehn Mark, und das ist ein bisschen viel für das Anschauen von ein paar Kinodetails. Ich kaufe mir lieber ein paar heiße Maroni. In der linken Hand halte ich die kleine offene Tüte, mit der rechten schäle ich, so gut es geht, die Maroni. Und je rußiger meine Hände werden, je versunkener ich die geschälten, gelben Maroni betrachte, desto vollkommener wird meine Darstellung eines Mannes mit heißen Maroni. Da höre ich, wie ein an mir vorübergehendes Kind bei seiner Mutter nach Maroni verlangt. Es muss der Augenblick meiner größten Überzeugungskraft gewesen sein.

Ein in die Stadt verirrter Jagdvogel, ein Sperber oder ein Falke, hüpft verletzt an einer Hauswand entlang. Sein rechter Flügel schleift am Boden. Ein Kind, ein Junge, sitzt in der Hocke vor dem Tier und will es streicheln. Aber jedes Mal, wenn sich seine Hand nähert, springt der Vogel ein Stück weiter, ohne sich dem Jungen wirklich entziehen zu können. Schon kommen andere Kinder herbei und sind entzückt über das außerordentliche Spielzeug. Aber der am Boden hockende Junge hat zu dem unglücklichen Tier schon ein exklusives Verhältnis begründet; nicht einmal bloße Durchblicke auf den bedrängten Vogel will er mehr gestatten. Zugleich zeigt er mit dem Finger auf das Tier und gibt Erklärungen ab, die das Interesse der anderen Kinder zwar weiter abdrängen, aber auch erhalten sollen. Das Verhalten des Jungen zeigt das Problem von Künstlern, die immer auch Unterhalter sein wollen: Die Besonderung, die der Junge (der Künstler) in der Separation mit dem beglückenden Gegenstand (dem Kunstwerk) entdeckt hat, misslingt, weil er für die Trennung von denjenigen, die er ausschließt, zugleich belohnt sein will. Die Peinlichkeit der bloß zuschauenden anderen peinigt ihn selbst und weist auf das, was seinem Glück einzig fehlt: die Souveränität der vollkommenen Lösung vom Beifall.

Ein kleiner Sohn will seine Eltern zum Lachen bringen. Er geht drei Meter vor ihnen her und spielt die Rolle eines anderen, fremden Kindes, das scheinbar nur noch mit Tollpatschigkeiten durchs Leben kommt. Er stolpert auffällig und zu oft, er stößt Gegenstände an, er streckt die Arme von sich und lallt dazu: wie sich ein Zehnjähriger einen Geisteskranken vorstellt. Zwischendurch blickt er kontrollierend auf die Eltern, ob sie nicht endlich über seine Darbietungen lachen müssen. Aber die beiden tragen nur müde und stumm ihre Plastiktüten. Es ist, als wären sie schon gestorben, und nun versucht ihr Kind, sie mit einer halsbrecherischen Todeskomik wieder zum Leben zu erwecken. Der Junge riskiert sogar einen gespielten Zusammenstoß mit einem anderen Jungen, bei dem er sich sofort entschuldigt. Es ist skandalös, auch auf diese Steigerung gehen die Eltern nicht ein. Danach fällt ihm nichts mehr ein. Resigniert und ohne Faxen geht er wieder neben den Eltern her. Ich habe Lust, ihm mit großer Lautstärke nachzurufen: So wird es immer sein, mein Lieber, das Unmögliche ist das Normale. Aber natürlich flüstere ich es nur.

Eine lachende, lärmende Gruppe von Schülern und Schülerinnen; sie reden fast alle gleichzeitig, jeder mit allen anderen und zugleich zu einem Bestimmten hin, der seinerseits redet und doch auch verstehen will, was die anderen sagen. Sie sprechen in einem hellen, begeisterten Ton, aber sie bringen nur halbe Sätze und Ausrufe über neue Filme, neue Mopeds, neue Hosen, neue Pullis, neue Lehrer und neue Liebhaber hervor. Mit knappen Bemerkungen erinnern sie sich der Filme, die sie am Abend zuvor im Fernsehen gesehen haben, und legen fest, welche sie sich heute ansehen werden. Sie lassen nur an sich heran, was schnell und glückhaft durch sie hindurchrauscht. So gehen sie vorüber und plappern, kleine erotische Solisten auf der Suche nach einem ersten Publikum. Ich will sie gerade vergessen, da höre ich, wie sie sich über den Musikunterricht beklagen. Moz ist unbeliebt, höre ich, weil schwierig und widersprüchlich und problembeladen. Mehrmals höre ich den Wortstummel Moz, bis ich begreife, dass Mozarts Name in der Ruinensprache angekommen ist. Sein Name klingt jetzt wie Rib oder Mac oder Bigmac, Moz ist etwas geworden, was man einmal anhört und dann vergisst. Sofort habe ich das Bedürfnis, Mozart vor diesen netten jungen Leuten zu warnen. Ich sehe mich um, vielleicht ist Mozart in der Nähe, dann sage ich ihm, wie jung und gut gelaunt sich die neueste Niedertracht anhört. Leider sehe ich Mozart nicht, aber das macht nichts, ich suche ihn weiter, immerhin wird mein Schreck dabei kleiner. Aus Wehmut betrete ich ein großes Geschäft, in dem Kunstpostkarten verkauft werden. Es ist ein heller, weiß getünchter Laden mit Hunderten von Postkarten, die auf Drehständern verteilt sind. Es dauert drei Minuten, bis ich die Bilder auf allen Ständern kurz angeschaut und wieder vergessen habe; ich suche ein Bild von Mozart, ich rechne damit, wenigstens die populären Gemälde von Tischbein oder Torggler im Postkartenformat wieder zu sehen, hoffentlich nicht verunstaltet von modernen Grafikern, ich suche Mozart und schaue Dutzende von Bildern an und denke: Wehe, wenn auch noch sein Bild entstellt ist, es ist lächerlich, ich weiß, ich denke die sinnlose Drohung noch einmal, da bin ich durch, ich habe alle Kartenständer einmal umgedreht, ein Bild von Mozart habe ich nicht gefunden, Gott sei Dank. Ich kehre nach Hause zurück und stürze hoch in mein Zimmer und lege Mozarts Violinkonzert B-Dur auf. Ahhh! Das Violinspiel in der Stille des Zimmers ist wie das Sprechen eines kleinen Kindes mit sich selbst; wie bei diesem entzückt bei Mozart jeder Laut, obwohl wie bei jenem keiner verstehbar ist. Diese Musik ist ein Zierlichkeitsdenken, das von sehr weit herkommt und doch so stark ist, dass ich jeden Tag ein bisschen davon lebe und Gesa manchmal auch. Sie rufe ich auch an, kaum ist der letzte Ton verklungen. Gesa, sage ich, Mozarts Name ist geschändet worden! Nein!, ruft sie aus, wer hat es getan? Ein paar Schüler, antworte ich, ich habe es selbst gehört, wir müssen etwas tun zur Ehre von Mozart! Wir fahren nach Wien und ehren ihn, wir besuchen die Wohnung, in der er zuletzt gelebt hat, wir gehen seine Wege und sind ein bisschen froh, dass es ihn gegeben hat.

II

Gesa friert und freut sich zugleich. Sie steht vor mir in der Bahnhofshalle und klammert sich an mich. Der Zug nach Wien steht auf Gleis 16, in zwanzig Minuten fährt er ab. Wir sollten uns ein Abteil suchen, aber Gesa will noch ein paar Minuten in der Bahnhofshalle umherschauen. Woher kommt nur das Gefühl, dass wir vor einer schlimmen Sache fliehen? Es gibt keine schlimme Sache, wir verschwinden nur für zwei oder drei Wochen. Es ist das Verlangen, eine Zeit lang das eigene Leben zu betonen. In großen Bahnhöfen erscheint die Vereinzelung der Menschen natürlich; hier gibt es keine erfundenen Gemeinschaften, in die sie zusammengefasst werden könnten. Schon im Zug gilt diese Wahrheit nicht mehr. Im ersten Großraumwagen, den wir durchqueren, brandet das Gelächter eines Frauenclubs auf, im zweiten lacht eine Karten spielende Männerrunde. Kein Abteil ist ganz leer; wir setzen uns zu einer älteren Frau ohne Gepäck. Im Augenblick, als der Zug losfährt, fallen in den Abteilen nacheinander die Klappen der Aschenbecher herunter. Nebenan stößt ein Mann den Ruf aus: Jetzt geht's los! Wir fahren, und es ist schön, die Welt oberflächlich ansehen zu können: Dörfer, Bäume, Bahnwärterhäuschen, Brücken, Flüsse, alles rauscht vorüber wie ein langer inhaltsloser Film. Ich habe eine Zeitung in der Hand, draußen schneit es ein wenig, ich schaue aus dem Fenster und denke plötzlich: Ich blättere Schnee in den Händen. Auf den riesigen Parkplätzen einer Autofabrik stehen Aberhunderte neuer Autos nebeneinander; weil Reif auf ihren Scheiben liegt, sehen sie nicht wie neu aus, sondern wie eben erblindet. Die Schnelligkeit des Zuges empfinde ich wie eine Bestrafung für die miese Gegend. Nach einer Stunde beginnt

Gesa das Abteil in unser Zimmer umzuwandeln. Die freien Plätze belegt sie mit Büchern, Kleidungsstücken, Schreibwaren, Kleinkram aus ihrer Handtasche. An jedem freien Kleiderhaken hängt etwas von uns. Unsere Mitreisende holt aus ihrer schwarzen Kunststofftasche einen Plastikbeutel heraus und aus dem Plastikbeutel ein belegtes Brot und beginnt zu essen. Nach jedem Bissen schiebt sie ihr Brot, vermutlich aus Angst vor Bakterien, in den offen gehaltenen Plastikbeutel zurück. Auf das Brot folgt ein Apfel. Sie schält die Schalen des Apfels in den Plastikbeutel, der nun als Abfallbehälter dient, und isst den Apfel und schaut aus dem Fenster. Nach Beendigung ihrer Mahlzeit greift sie aus einem anderen Plastikbeutel ein kleines Handtuch heraus und wischt sich damit Mund und Hände ab und steckt das Handtuch zurück in den Plastikbeutel und den Plastikbeutel zurück in die Reisetasche. Jetzt erst bemerke ich, dass sie ihre Mahlzeit auf einer Wollweste abgewickelt hat, die sie mit der Innenseite nach außen über ihren Knien ausgebreitet hatte. Sie wendet die Wollweste um und legt sie ordentlich zusammen, ich sehe es und es packt mich Sehnsucht: Könnten wir doch auch den wichtigen Ereignissen solche Sorgfalt widmen! In Würzburg steigt die Frau aus. Gesa zieht die Abteilgardinen vor und belegt den frei gewordenen Platz mit ihrem Wollschal und einem Paar Handschuhen. Der Zug fährt durch Bayern. An den heruntergelassenen Bahnschranken wartet kein Mensch, kein Tier, kein Auto. Bei der Durchfahrt durch einen Kleinbahnhof sehe ich für Sekunden das Gesicht eines hustenden Arbeiters. Der Schnee macht aus den Dächern der Häuser ein Kästchenmuster. Die zartrosa Wintersonne steht hoch darüber, für Augenblicke ein

Bild wie aus Fernost. Immer wieder kleine, allein stehende Wäldchen. Ein Mann geht mit einem Schäferhund einen Feldweg entlang. Die Sonne ist mal auf der linken, mal auf der rechten Seite des Zuges. Wenn wir Glück haben, bleiben wir bis Wien allein im Abteil. Kurz hinter Passau schläft Gesa ein; im Schlaf hebt sie wie immer von Zeit zu Zeit den kleinen Finger der rechten Hand. Auf österreichischem Gebiet passiert, worauf ich schon lange gewartet habe: Der Zug drosselt plötzlich stark das Tempo und kommt mitten auf der Strecke zum Stehen. Der Bilderfilm hält an und hebt aus Millionen von Landschaftsanblicken plötzlich einen hervor. Es ist eine Pappel, die allein auf einer Flussinsel steht, vielleicht fünfzig Meter von unserem Abteilfenster entfernt. Und obwohl es Winter und das Fenster dicht ist und nicht geöffnet werden kann, höre ich das metallische Rauschen von Pappelblättern, das erst im Sommer wieder zu hören sein wird. Auf einer Flussinsel im Main bei Frankfurt, zwischen der Obermainbrücke und der Alten Brücke, stehen zwei Dutzend Pappeln nebeneinander und erzeugen im Sommer ihr ganz besonderes und einzigartiges, für das menschliche Ohr unersetzliches Geräusch: als würden tausend Glaskugeln durch ein Labyrinth rollen. Nach kaum einer Minute ist die Störung vorüber, der Zug setzt seine Fahrt fort. Durch das Ruckeln des Waggons erwacht Gesa. Sie streckt sich und gähnt und stöhnt und holt ihren Kamm aus der Tasche.

Die Mariahilferstraße in Wien ist lebendig, lang und traurig. Hunderte von kleinen Läden, Cafés, Sparkassen und Billigkaufhäusern reihen sich auf beiden Seiten aneinander. Aber schon im zweiten Stockwerk hört bei vielen Häusern die Lebendigkeit auf; nach oben hin wirken sie unbewohnt und leblos, grau und vernachlässigt. Offenkundig stehen viele Wohnungen seit langer Zeit leer. In manchen der höher gelegenen Zimmer brennen Kronleuchter, aber sie brennen hinter Scheiben, in denen sich nicht mehr das Sonnenlicht spiegelt, weil die Staubschicht auf ihnen zu dick geworden ist. Die Häuser scheinen für ein veraltetes Leben gebaut zu sein, dessen einstige Großzügigkeit heute nicht mehr möglich ist. In der Grenzgasse, einer Seitenstraße der Mariahilferstraße, finden wir das Hotel Metropol. Es liegt im dritten Stock eines schwärzlich verkommenen Hauses. Es gibt keine Klingel, wir müssen klopfen. Ein Hund bellt in einer entfernten Wohnung. In einer anderen Wohnung schlägt jemand mit einem schweren Gegenstand auf Fleischstücke. Es öffnet uns eine Frau, die sich während des Sprechens immer neu die Haare aus dem Gesicht streicht. Sie bemüht sich, mit ihrem Körper den Einblick in ein offen stehendes Zimmer zu versperren. Von hinten nähert sich ihr ein Kind und stellt sich neben sie. Der Empfang gefällt mir. Es ist schön und erstaunlich, nach einer so langen Zugfahrt eine fremde Frau aus ihrer Welt hervortreten zu sehen. Die Frau lässt sich unsere Pässe geben und zeigt uns ein Zimmer von saalartiger Geräumigkeit und lässt uns in Ruhe. Fast jeder Schritt ruft ein Quietschen und Knarren des Holzbodens hervor. Es sind diese Geräusche, die plötzlich Lauschende aus uns machen. Ich probiere die Wasserhähne aus und stelle fest, dass aus beiden zuerst warmes, dann nur noch kaltes Wasser kommt. Gesa schaltet die Lampe in unserem Zimmer aus und schiebt die Gardinen zur Seite. Das bläuliche Licht der Straßenbeleuchtung scheint auf das schwarzgraue Haus gegenüber. Eines seiner Fenster ist teilweise zerstört; eine Scheibe ist kaputt, das Loch ist von der Innenseite mit starkem Packpapier abgedichtet. Das Fenster daneben ist intakt und erleuchtet. Von unserem Fenster aus können wir auf die Mariahilferstraße schauen, die uns jetzt wieder wie das einzig Lebendige vorkommt. Mir gefallen besonders die Straßenbahnen, die in beiden Richtungen vorüberfahren. Manchmal ist das Ding-Dong zu hören, das der automatischen Haltestellen-Ansage vorausgeht. Unten geht ein schlurfender Mann vorüber. Über einem Geschäft hängt ein Schild: F. & J. Littomericzky, Kappenfabrik. Im Straßengraben liegt ein wenig Stroh; es sieht aus, als seien hier vor kurzem Pferde gefüttert worden. Gesa hält sich fest an mir; wir spüren, hier gleiten wir in eine andere Verlorenheit hinüber. Irgendwo weint ein Kind, kurz danach wird ein Fernsehapparat eingeschaltet. Wir können uns nicht sagen, was wir empfinden, so wirr und eigenartig geht alles durcheinander. Gesa schließt das Fenster; es ist schön, auf anstrengende Weise schön.

Mozarts Wohnung in der Domgasse hat zwei Arbeitszimmer, einen Salon, ein Schlafzimmer, ein Gästezimmer und eine kleine Küche. Es war die größte Wohnung, in der Mozart mit seiner Familie je gelebt hat, und es war die letzte Wohnung vor seinem Abstieg in ärmlichere Verhältnisse. Hier wohnte er, als er langsam aus dem Wiener Musikleben verdrängt wurde. Keines der Möbelstücke, die heute in der Wohnung stehen, befand sich schon zu Mozarts Lebzeiten hier. In den Erkern der Arbeitszimmer sind schmale Seitenfenster eingelassen; von hier aus sah Mozart auf die Leute in der Schulergasse hinab und fragte sich, warum sie ihn nicht mehr so schätzten wie früher. Der Platz hinter den Seitenfenstern ist ein guter Platz für einen zunehmend verschmähten Künstler. Hier wurde er exzentrisch, hier konnte er sich die Faxen und Fratzen angewöhnen, mit denen er die Leute irritierte. Ich mache selbst ein paar Fratzen und spüre sofort die Erleichterungen, die das komische Verziehen des Gesichts gewährt. Ich blecke die Zähne und lasse die Pupillen so weit ich kann aus den Augenhöhlen hervortreten; durch die Zähne lasse ich einen unverständlichen Laut entweichen. Ich blicke auf die Leute in der Schulergasse hinab und meine fast schon, sie zweihundert Jahre zu spät dafür bestrafen zu müssen, dass sie Mozart nicht zu Lebzeiten restlos verstanden haben. Es ist ein Zipfel meiner Verrücktheit, die sich sogar hier ans Fenster drängt. Zum Glück kommen jetzt ein paar Touristen, die laut schweizerdeutsch reden und mich zur Räson bringen. Die Schweizer laufen hier umher, als sei Mozarts Wohnung schon immer ihre Wohnung gewesen. Da ist es leicht zu verschwinden.

Das schöne Schaufenster einer Drogerie in der Siebensterngasse. Es präsentiert auf abgestuft aufgestellten Holzregalen Hunderte von kleinen Tuben, Fläschchen, Behältern, Schachteln, Ampullen und Döschen, die in der Art eines kleinen Amphitheaters das Fensterrund ausfüllen. Neben jedem Gegenstand steht ein handgeschriebenes Preisschild; deren Konstruktion verweist auf die altertümliche Hingabe, mit der der Besitzer an seinem Geschäft hängen muss. Es sind rechteckige Kartonstücke, die mit Hilfe am unteren Rand eingestochener Stecknadeln aufrecht neben der Ware stehen. Ebenso aufrecht steht der alte Besitzer in seinem Laden; ich möchte ihn aus der Nähe anschauen, ich möchte hören, wie er spricht, ich möchte sehen, wie er sich bewegt, und ich möchte wissen, ob in all diesen Äußerungsarten eine entschwundene Zeit mitschwingt. Ich betrete das Geschäft, es klingelt eine Ladenglocke. Aber kaum ist deren Ton verklungen, höre ich ein Geräusch, mit dem ich hier nicht gerechnet habe. Es ist das unablässige Ein- und Ausschnippen eines Kugelschreibers in der Hand des Drogisten. Ich kann nicht mehr den Laden betrachten, ich muss auf den immerzu bewegten Daumen des Drogisten sehen. Aus seiner Hand entströmt die herrschende Nervosität, die ich eine Täuschung lang hier abwesend glaubte. Der Mann bedient mich freundlich und schnell. Keine Sekunde lang setzt das Kugelschreibergeräusch aus. Ich beeile mich, wieder nach draußen zu kommen, wo es hupt, scheppert, schnippt, klingelt, brummt, schlägt, schabt und knallt.

In einem Lebensmittelgeschäft steht eine Frau und kauft ein. Ihren Hund hat sie draußen vor der Tür festgebunden. Der Hund sieht in den Laden und die Frau sieht hinaus auf den Hund. Das Tier friert und wimmert, und die Frau beginnt durch die Scheibe hindurch auf den Hund einzureden. Ja, du hast es gut, sagt sie, du musst schön draußen warten! Der Hund zittert am ganzen Körper und drückt seinen Kopf mit den verängstigt flackernden Augen dicht an die Schaufensterscheibe. Wieder sagt die Frau und nickt dabei: Du hast es gut! Du musst schön draußen warten! Es ist die Sprechweise der perfekten Täuschung; mit großartig gelungener Warmherzigkeit leugnet die Frau die Verlassenheit des Tieres. Die Leute im Laden sehen auf den Hund, sie hören ihn wimmern und sehen ihn zittern und sehen zugleich, wie ihn die täuschende Ansprache der Frau beruhigt. Sobald das Tier das bewegte Gesicht der Frau erblickt, vergisst es für Augenblicke seine Lage. Sekunden später friert es erneut, und die Frau muss ihre Beschwichtigung mit gesteigerter Falschheit wiederholen. Die Kunden im Geschäft sehen sich wissend an, für Sekunden blitzt das Hündische in uns auf: Offenbar war jeder schon einmal in der Lage des Tieres.

Mit der Linie 5 fahre ich durch ganz Wien: vom Westbahnhof zum Prater und wieder zurück, um scharfe Hausecken herum und dicht an Mauern entlang, über weite Plätze und an Parkhecken vorbei. Wenn sich in den weniger belebten und heruntergekommenen Vierteln die Türen der Straßenbahn öffnen, dringt ein Rest einer verschwundenen Zeit in die Bahn und atmet noch einmal durch in der besonderen Einsamkeit einer für sich allein fahrenden Straßenbahn. Schön sind die älteren, um ihr Aussehen wenig besorgten Menschen, die sich in meist dunkler Kleidung in den Gassen aufhalten. Einige bleiben stehen und sehen auf die Straßenbahn wie auf etwas Ungebetenes. Manche Details will ich für immer behalten, also aufschreiben. Ich sehe einen Vogel, der aus der Weite des Himmels genau auf der Spitze eines Lampenmasts landet, und genauso, wie ich es sehe, schreibe ich es auf. Ein Vogel landet aus der Weite des Himmels auf der Spitze eines Lampenmasts. Ich sehe einen Jungen, der ein Stück Kordel hinter sich herzieht; ich sehe den Jungen und schreibe den Satz über ihn auf. Doch dann verzichte ich auf das Aufschreiben, weil es die wenigen Fahrgäste in der Bahn zu beunruhigen scheint. Ohnehin wirken die Personen in der Straßenbahn seit ein paar Haltestellen wie miteinander verabredet. Erst in der Nähe des Praters gibt es Fahrgastwechsel. Ein Mann, der verspätet aussteigt und von den automatischen Türen eingeklemmt wird, stößt mit den Armen um sich, sodass die Türen zurückweichen und der Vorgang der automatischen Schließung sich wiederholt. Von der Straße aus sieht der Mann zurück auf die Türen, und der ein wenig erhöht sitzende Schaffner ruft dem ungeschickten Fahrgast das Wort Nullerl nach. Das Wort ist nur zur Unterhaltung der Fahrgäste ausgerufen worden. Diese kichern und höhnen, allerdings nur knapp, als wollten sie ausdrücken, dass mit diesem dürftigen Angebot heute niemand mehr zu unterhalten ist. Da ist sie plötzlich, die alte Unbarmherzigkeit der Stadt, die schon Mozart gespürt haben muss, diese überraschende Schmähung eines bloß sich entfernenden Menschen. Zwei Haltestellen weiter steige ich aus und schreibe mir das Wort Nullerl auf einen Zettel. Ich starre auf das Wort und ahne die nie erlahmte Zurückweisungskraft der Stadt. Für Sekunden spüre ich Mozarts Schicksal ganz nah, ich sehe seine Abweisung und sein Umhergehen in der Stadt, ich höre den gemütlichen Spott in meisterhaft erfundenen Wörtern.

Es ist das Quietschen und Knarren des Holzbodens, das die Hotelgäste vorsichtig werden lässt. Einige haben etwas Huschendes und Verborgenes angenommen. Die meisten Gäste sind stille Fremde aus Amerika, Japan und Italien. Morgens beim Frühstück gibt es viele geflüsterte Unterhaltungen. (Erst draußen auf der Straße erhebt sich zusammen mit dem Lärm des Verkehrs auch das Geräusch der eigenen Stimmen.) Mir gefällt ein Japaner, der während des Frühstücks seine Jacke anzieht. Manchmal schlägt er auch am Frühstückstisch den Kragen hoch. Ich möchte ihn gerne fragen, ob inzwischen in Japan auch die Tische auf der Straße stehen. Eine junge Frau aus Italien bringt zu jedem Frühstück ihr eigenes Brot mit; außerdem eine Kaktusfeige, die sie langsam auslöffelt. Am auffälligsten ist ein kleinbürgerliches Paar aus Holland, das jeden Morgen anders angezogen ist. Ein amerikanisches Paar spricht kaum, lacht aber oft. Zuerst halten wir das Nette an ihnen für die bekannte amerikanische Offenheit und Freundschaftlichkeit. Ganz Amerika blitzt auf ihren weißen Zähnen auf. Bis wir bemerken, dass die beiden so viel lachen, weil ihnen so wenig verständlich ist. Das Lachen ist die Entschärfung des Fremden, ein zwanghaftes Vergnügtsein in der Nichtheimat.

Vor dem Schaufenster eines Textilgeschäfts in der Prinz-Eugen-Straße bleibt Gesa stehen und deutet auf ein kleines Schild, auf dem zu lesen ist: *Verkäuferin wird aufgenommen*. Eine Weile lesen wir immer wieder neu den Text, dann lacht Gesa und fragt: Dieses Geschäft will nicht zugeben, dass es eine Verkäuferin *sucht*; oder?

Ich denke ja, sage ich; das Geschäft weist darauf hin, dass auch die unscheinbarste Arbeit *vergeben* wird.

Der Text, sagt Gesa, stellt die Arbeit als Huld dar, die hier ausgeteilt wird.

Und wer die Huld annimmt, sage ich, darf sich niemals darüber beklagen, dass es nicht gut war, die Arbeit angenommen zu haben. Er oder sie wird immer daran erinnert werden, dass nur eine Huld vergeben worden ist.

Aber das heißt doch, sagt Gesa, dass das Geschäft mit jemandem, der Arbeit *braucht*, nichts zu tun haben will?

Ja, sage ich, der Text ist ein Angebot, vor dem zugleich gewarnt wird.

Die dem Text innewohnende Zurückweisung soll allerdings geheim bleiben, sagt Gesa; keiner darf merken, dass niemand willkommen ist.

Deswegen die Huld, sage ich.

Am frühen Abend liege ich angezogen auf dem Bett und höre einem Radiokonzert zu. Gesa hat sich von der Hotelbesitzerin ein Bügeleisen ausgeliehen; später will sie zwei Blusen bügeln. Sie räumt ihre Tasche aus und betrachtet ein paar Postkarten mit Bildern von Klimt und Schiele, die sie am Nachmittag, nach einem Besuch im Belvedere, gekauft hat. Ich denke, neue Kunst wird von niemandem mehr erwartet. Seit dem Anbruch der Moderne geht von der Gesellschaft eine Zurückweisung neuer Kunst aus. Heute Nachmittag war ich im Museum für Moderne Kunst im Liechtenstein-Palais. Eineinhalb Stunden lang war ich der einzige Besucher. Die Wärter flüsterten in den leeren Sälen. Das Knarren der Fußböden machte auch die modernste Kunst ganz schnell ganz alt. Lange blieb ich vor einem Glaskasten mit einem Bild von Rauschenberg stehen; es heißt «Spanish Stuffed Mode Plus» und zeigt einige scheinbar wahllos hingeworfene Pappschachteln. Ein Museumswärter ging an mir vorüber und kaute ein Brötchen. Der Bild-Kommentar von Rauschenberg lautet: «Wir leben in einem Grenzland, die Mittel müssen direkt sein.» Wer eineinhalb Stunden allein in einem mit Kunst angefüllten Museum war, kann sich kein Publikum mehr vorstellen. In der Einsamkeit der Zurückweisung verbleiben der Kunst nur zwei Dinge: a) die kultische Selbstverständigung und b) die Kunst als Praxis der Entfernung aus den Verhältnissen, aus denen die Zurückweisung kommt. Für beide Ausdrucksfelder sind Zuschauer nicht mehr nötig: Jede neue Kunst antwortet nur noch ihrem Urheber. Plötzlich wird im Aufenthaltsraum ein Fernsehapparat eingestellt. Zu stark dringen fremde Geräusche in unser Zimmer. Gezeigt wird offenbar ein Tierfilm; immer wieder hören wir einzelne Sätze über das Verhalten amerikanischer Waschbären. Von der Fensterseite her höre ich das eiserne Anschlagen von Eisenbahnrädern, die in den Westbahnhof einrollen. Da ist das Radiokonzert zu Ende; in den langen Schlussbeifall mischen sich begeisterte Schreie und Rufe einzelner Konzertbesucher. Ich stelle das Radio lauter, um die Begeisterung deutlicher zu hören. Die Musik hat in den Zuhörern etwas gelöst, was sie jetzt wunderbar unklar aus sich herausstoßen. Gesa bügelt. In der Stille, die dem Beifall folgt, verstehe ich plötzlich die Sätze über das Leben der Waschbären als in Wahrheit über Menschen gesagte Sätze. Die Waschbären, sagt der Kommentator, sind KAUM BEOBACHTBAR, weil VERBORGEN LEBEND und NACHTAKTIV. Gesa hängt eine frisch gebügelte Bluse über die Lehne eines Stuhls, auf dessen Sitzteil schon eine Hose liegt, die Gesa ihre Widerstandshose nennt. Gesa hatte heute Nachmittag ihren ersten Heimwehanfall. Jetzt erzählt sie davon: Ich lief über eine hohe Brücke, unten floss die Donau. Aus Wehmut habe ich plötzlich einen Schlüssel von der Brücke fallen lassen. Ich weiß nicht warum; aber hinterher fühlte ich das Glück, langsamer und ausdrucksvoller leben zu können als die anderen. Das war in diesen Augenblicken der Ertrag des Heimwehs, und ich war froh, ihn zu spüren. Nach diesen Sätzen hört Gesa auf zu sprechen und setzt sich auf einen Stuhl und spielt mit ihrem Schlüsselbund.

Als Zeichen, dass sie die Zurückweisung der Stadt fühlt, befestigt Gesa mit einer Sicherheitsnadel einen Streifen Stoff an ihrem rechten Jackenärmel. Jede Armbewegung lässt das kleine schmale Fähnchen flattern. Das Wedelnde an mir ist jetzt der Ausdruck des Fliehens während des Gehens, sagt Gesa.

Ein düsterer und schleppender Tag; das Morgengrauen ist übergegangen in das Tagesgrauen, und das Tagesgrauen geht über in das Abendgrauen. Die Straßen sind feucht, der Wind ist scharf. Die Fenster der Häuser bleiben geschlossen. Eine junge Frau kommt aus der Langen Gasse und überquert die Lerchenfelder Straße. Ein Auto bremst ab und lässt der Frau den Vortritt. Die Frau trägt ein hell gekleidetes Kind; es sitzt ruhig auf den verschränkten Armen der Mutter und lässt sich deren hoppelndes Gehen mit Lust gefallen. Ich möchte die Mutter seitlich überholen und ihr Kind anschauen, und ich hoffe, dass dabei ein dankbares Gefühl in mir entstehen wird. Ich eile die Lerchenfelder Straße hoch, der fremden Mutter hinterher. In Höhe der Strozzigasse kann ich sie einholen, ich blicke von der Seite auf das Bündel, das sie vor sich her trägt und erkenne, dass es gar kein Kind ist, sondern nur ein Wäschebeutel; weich wie ein kleiner Leib schwankt er auf den Armen der Frau. Und was ich für einen mit einer weißen Strickmütze überzogenen Kinderkopf gehalten hatte, ist nichts als der Knoten eines Kissenbezugs. Ich erschrecke und weiß für Sekunden nicht weiter. Ich stehe herum und das Abendgrauen zieht ungehindert in mich ein. Auf der anderen Seite der Lerchenfelder Straße versucht ein Junge, auf eine immer wieder weghüpfende Taube zu treten. Die Taube kommt nicht auf die Idee, einfach wegzufliegen. *Ich* müsste mich umdrehen und weggehen, das ist klar. Aber das Abendgrauen macht mich zu einer Taube, die in der Lerchenfelder Straße herumsteht. Plötzlich sehe ich die junge Frau die Straße zurückkommen; jetzt ohne Wäschebeutel. Sie geht mit regelmäßigen festen Schritten. Wenn ich nicht wüsste, dass dies nur eine neue Täuschung ist, würde ich behaupten: Sie kommt auf mich zu. Dicht vor mir bleibt sie stehen und stützt sich mit einer Hand an der Haustür ab. Sie hebt den linken Fuß, zieht sich mit der freien Hand den Schuh vom Fuß und kippt einen kleinen Stein heraus. Ich sehe den großen Zeh der Frau, der sich leicht bewegt wie ein neugieriges Tier, das vor seinen Bau getreten ist. Das ist es: der Frauenzeh. Plötzlich kommt es mir so vor, als sei ich nur hierher gekommen, um einen Frauenzeh zu sehen. Der Frauenzeh bewegt sich noch einmal mit einer kaum fassbaren Zutraulichkeit und Sanftheit, ehe er im Schuh verschwindet.

In einem Hutgeschäft in der Preßgasse lässt sich Gesa ein
paar Federboas zeigen. Die Verkäuferin breitet mehrere
Stücke auf dem Ladentisch aus. Gesa nimmt Platz vor
einem Spiegel und probiert. Die Verkäuferin behandelt
Gesa wie eine Frau, die mit einem außerordentlichen
Kleidungsstück ihre Erscheinung verstärken möchte. Sie
äußert bewundernde und anerkennende Bemerkungen,
sie holt einen zweiten Spiegel, und sie schaut zwischendurch zu mir, weil sie in mir den tieferen Anlass der
Anschaffung sieht. Gesa schweigt und probiert. Die Verkäuferin holt mit einer Leiter ein paar Schachteln von
einem Regal herunter. Große weiche Filzhüte mit breiten Krempen kommen zum Vorschein, Gesa lässt sich
einen aufsetzen. Jetzt ist das Missverständnis vollkommen. Die Verkäuferin ist entzückt und sagt es auch. In
ihren Augen ist das Ziel erreicht: Eine Frau hat durch
ein Kleidungsstück ihren Wert gesteigert. Die Verkäuferin schaut mich an und hofft, dass sich mir der Erfolg
mitteile. Wie eine weiche Mauer umschließt eine Boa
Gesas Kopf. Verdeckt sind Hals, Kinn, Mund. Sogar
Nase und Ohren können untertauchen. Die herunterge-
zogene Hutkrempe schützt die Stirn und lässt noch
Gesas Augen verschattet erscheinen. Nur ein schmaler
Streifen in der Mitte des Gesichts ist gut sichtbar. Die
Verkäuferin hat Recht: Das Ganze sieht verführerisch,
elegant und geheimnisvoll aus. Nur: Gesa sucht keine
Eleganz und kein Geheimnis, auch will sie nicht verführerisch sein. Sie sucht ein Kleidungsstück, das ihr Verborgenheit gibt. Gesa will nicht Wirkung auf die anderen, sondern Schutz vor ihnen. Auch dann, wenn Gesa
das Hotel verlässt, will sie das Gefühl der Behausung,
und das ist die Gewissheit des Verstecks, mitnehmen

dürfen. Ihr Motiv ist die Scham, ihr Interesse (deswegen) die Verhüllung. Der verbergende Sinn von Kleidung ist uns seit zweitausend Jahren ausgetrieben. Der sich den Kopf ganz und gar abdeckende Sokrates (im «Phaidros») ist uns heute unverständlich. Wir übertragen der Kleidung nicht mehr die Aufgabe öffentlicher Selbstverheimlichung. Die Boa bringt zwar einerseits Verborgenheit hervor, tilgt sie aber gleichzeitig durch die Betonung konventioneller ‹Attraktivität›. Deswegen löst Gesa die Schlaufe auch der allerschönsten Boa und legt sie auf den Ladentisch zurück. Sie erfüllt ihre Aufgabe, verrät sie aber zugleich: Das geht nicht. Draußen, auf der Preßgasse, holt Gesa ihren alten grünen Wollschal hervor und wickelt ihn sich um den Hals.

Ein junger Behinderter geht die Burggasse entlang in Richtung Innenstadt; mit jedem Schritt muss er die besondere Gestalt seiner Beine und seines Körpers vorführen. Der weite Schnitt seines Anzugs lässt seinen aufwendigen Bewegungen genügend Platz. Die Stoßkraft aus seinem Unterleib ist so stark, dass bei jedem Schritt der linke Arm ein Stück weit ausschlägt. Ich gehe langsamer, um die einmalige Art seiner Fortbewegung besser bewundern zu können. Welch ein einzigartiges Bewegungsbild setzt der Mann in die Welt! Abertausende von Menschen laufen gleichförmig vorüber, ihn allein muss man anschauen. Herrisch, schroff, leidend und einsam geht er an der Häuserzeile entlang. Ich schäme mich, weil ich stehen bleibe, aber ich will ihn auch von hinten betrachten. Die Rückseite hält nicht, was die Vorderseite versprochen hat. In seinem kurz geschnittenen Haar trägt er einen giftgrünen und einen violetten Farbring, und über dem Kragen hängt ein ebenfalls giftgrün-violettes Rattenschwänzchen. An seinem linken Ohr, das ich erst jetzt sehe, baumelt ein dreieckiger Glassplitter. Trotz seiner Behinderung sieht er von hinten aus wie einer der Jugendlichen, die ihn überholen. Schon nach zwanzig Metern zeigen sich die Folgen der Ähnlichkeit: Sein Bild gleicht dem Bild der anderen: Es kann vergessen werden.

Lieber Paul,

es muss Folgen haben, dass es gleichgültig geworden ist, was in der Kunst geschieht. Was nach der Indifferenz übrig bleibt, kann nur eine Kunst sein, die sich an Einzelne wendet, für die sie dann ein persönliches Zeichen werden kann. Gestern hat Gesa ein Foto von mir gemacht, das wir erst in frühestens zehn Jahren anschauen wollen. Es war ein bestimmter Augenblick in einem Café. Am Nebentisch sagte jemand den Satz: Deutschland hängt mir zum Hals heraus. Wir beneideten den Mann um seinen Satz; ein ganzes Land hing ihm zum Hals heraus! Es schien uns in diesem Augenblick möglich und glaubhaft. Man kann nicht sagen: Die ganze Welt hängt mir zum Hals heraus. Das wäre zu viel. Es muss etwas Bestimmtes sein, ein Mensch oder ein Land zum Beispiel. Wir mussten lachen, weil wir verblüfft waren. In diesem Augenblick hat Gesa fotografiert; wenn wir in zehn Jahren das Foto anschauen, wollen wir uns fragen, was aus unserer Wiener Verblüffung geworden ist. Danach bat ich Gesa, mir für eine Weile ihre Schuhe zu geben. Sie zog sie aus und gab sie mir. Ich zeichnete mit dem Kugelschreiber die Konturen der Abnutzung auf den Sohlen ihrer Schuhe nach. Der am meisten abgenutzte Fleck (ich habe ihn stark schraffiert) befand sich in der Mitte der Sohlen. Eines Tages werden die Strümpfe aus diesen Flecken herausschauen. Gesa sagt, sie will die Schuhe bis zu diesem Zeitpunkt tragen und dann zwei Objekte aus ihnen machen. Ziemlich beglückt haben wir das Café verlassen. Ich weiß nicht, wie man diese Kunst nennen kann. Am besten wird sein, sie trägt keinen Namen. Denn mit dem Namen ist auch gleich ein falsches Bild von ihr auf der Welt, mit dem falschen Bild kommt das falsche Staunen, und mit dem falschen Staunen ist auch das Publikum wieder da. Dabei geht es nur darum, sich ein paar Bereiche zu schaffen, die vor jedem Zugriff sicher sind. Es könnte die empfindlichste Kunst werden, die es je gegeben hat. Es könnte dabei eine neue Verheimlichung des Menschen herauskommen; aber haben wir die nicht auch nötig? Es geht uns gut; im Augenblick wissen wir nicht, wie lange wir hier bleiben werden und wo wir hinfahren, wenn wir hier genug haben. Ich werde dir noch einmal schreiben. Aber sorg dich nicht, wenn es nicht geschieht; das kann nur heißen, dass wir beschäftigt sind. Grüße von Gesa. Dein W.

In unserem Hotelzimmer steht ein drittes, kleineres, nicht benutztes Bett. Es ist zwar frisch bezogen, aber das Plumeau fehlt. An seinem Fußende liegen zwei schwere hellbraune Wolldecken, die mir, je länger ich sie betrachte, mehr und mehr Vertrauen einflößen. Wenn ich ins Zimmer komme, sind sie das Erste, was ich anschaue; ich weiß nicht, wofür ich die Wolldecken gebrauchen könnte, aber ich will sicher sein, dass sie da sind. Ich überlege schon, ob ich, wenn ich wieder zu Hause bin, nicht auch zwei Wolldecken in mein Zimmer legen soll. Was ihren Anblick angenehm macht, ist die alte Idee der Umsorgtheit, die von ihnen ausgeht. Ich brauche sie nur anzusehen, schon beruhigt sich meine Phantasie. Solange man in der Nähe einer Wolldecke lebt, wird alles zu ertragen sein. Ich nehme eine von ihnen unter den Arm und verlasse das Hotel. Auf der Straße breite ich sie aus und lege sie mir in der Art eines Überwurfs über die Schultern. Mit den Fingern der linken Hand halte ich die beiden oberen Enden der Decke zusammen. Die Verhüllung gibt mir jene Verdutztheit, die Tauben manchmal an sich haben, wenn sie gerade auf dem Straßenpflaster gelandet sind und sich rasch nach allen Seiten umblicken. Ich sehe mich nicht um, ich gehe langsam die Grenzgasse entlang und spüre die Verwunderung der anderen. Die der jungen Leute geht, wenn ich mich nicht irre, nicht tief. Sie stellen nur knapp und resonanzlos fest, dass sie einen Mann mit Wolldecke nicht einordnen können. Ich bemühe mich, nicht den Eindruck von Ausgestoßenheit hervorzurufen. Eher möchte ich aussehen wie ein Wanderer. Ergiebiger sind die Reaktionen der Alten; sie sind verwundert und dadurch aufmerksam. Einige bleiben kurz stehen. Es entsteht für Augenblicke eine Atmosphäre menschenfreundlicher Erkundigung. Die mich betrachten, bemerken nicht, dass auch ich sie anschaue. Für Momente treten sie aus ihren Passantenrollen heraus und werden zu Erscheinungen und Formen. Vorgestern sah ich einen Mann auf einer Bank sitzen. Er hatte seinen Hut nicht neben sich auf die Bank, sondern vor sich auf den Parkweg gelegt. Der auf dem Boden liegende Hut erregte eine Aufmerksamkeit, die ganz dem Mann zukam. Dieselbe Aufmerksamkeit, die ich dem Mann zuwandte, wird jetzt mir erteilt. Ich spüre, dass einige der sich verwundernden Alten gerne sprechen würden. Aber sie sind zu schamhaft und zu sehr darin geübt, ihre Verwunderungen nicht mehr auszudrücken. Eine Frau mit dunklem Kopftuch sagt etwas in einer mir fremden Sprache, wahrscheinlich auf Türkisch oder Ungarisch. Gleich schämt sie sich, als sei sie bei einer Übertretung erwischt worden. Sie wendet sich ab und geht weiter. Ich schaue ihrem schmalen dürren Körper nach. Es muss eine unerhörte Zeit gewesen sein, als man sich füreinander interessierte.

Das Haus besteht aus drei weißen, glatten, kubischen Würfeln. Der Gesamteindruck erinnert an drei planlos und zufällig aneinander geschobene Bauklötze. Rund um das ganze Anwesen zieht sich eine Mauer. Am Eingang steht ein uniformierter Posten, der sich ansprechen lässt. Er gehört der Bulgarischen Botschaft an, die heute in dem Würfelhaus untergebracht ist. Wir sagen dem Posten, dass wir das Haus gerne besichtigen möchten, und der Posten trägt unseren Wunsch in das Innere des Hauses. Es ist das einzige Haus, das Ludwig Wittgenstein (zusammen mit Paul Engelmann) gebaut hat. Nach einer Weile kehrt der Posten zurück und erlaubt die Besichtigung des Hauses. Ein Angestellter der Botschaft führt uns umher und zeigt uns die meisten Räume. Wittgenstein hatte ein Haus bauen wollen, in dem die reale Verworrenheit des Lebens keinen Platz haben sollte. Deswegen die hohen, schmalen Türen, die die Räume, die hinter ihnen beginnen, als nichts sagend, nackt und kahl ankündigen. Deswegen die hohen, schlanken Fenster, die wie hochgestellte Sehschlitze wirken. Sie gewähren kaum Ausblicke nach draußen; sie erinnern daran, dass alles von allem getrennt ist und dass einzig das menschliche Denken die Details der Welt verbindet. Deswegen die schroffen, hohen, weißen Innenwände ohne Vorsprünge, ohne Zierleisten, ohne Ornamente. Durch sie entsteht eine Atmosphäre des Schweigens und der Leere. An den Decken hängen, symmetrisch angeordnet, keine Lampen, sondern nur Glühbirnen in Messingfassungen, die zwar Licht, aber auch Eigenschaftslosigkeit und Kälte verbreiten. Um eine der eisernen Türen zu öffnen, muss ich mein Körpergewicht gegen sie stemmen. Die Tür besteht aus vollflächigen Stahlplatten. Die

Schritte im fast leeren Raum hallen nach. Der Boden besteht aus grau-schwarz gefärbten Kunststoffplatten, die so glatt sind, dass wir Hemmungen haben, durch den Raum zu gehen. 1913 schrieb Wittgenstein an Bertrand Russell: «Mein Leben war bisher eine große Schweinerei – aber soll es immer so weitergehen?» Wenigstens *ein* Haus sollte frei sein von der Schweinerei des Lebens. Wittgensteins Illusion: Alles was Menschen in Häusern machen, hatte er von diesem Haus fern halten wollen. Aber durch die Strenge der Konstruktion entstand nicht schon Einfachheit, sondern nur eine andere Schwere. Die zermürbende Widersprüchlichkeit des Subjekts, an die Wittgenstein nicht mehr erinnert sein wollte, hat er mit seiner Architektur gerade betont. So ist das Haus das Dokument einer inbrünstigen Täuschung geworden, ein gebauter Schmerz.

In der Berggasse hält ein kleiner Lieferwagen vor einer
Bäckerei. Der Fahrer öffnet den Schlag und holt ein großes Tablett mit hellgelben Mehlspeisen heraus, die er in
die Bäckerei trägt. Den Schlag seines Lieferwagens lässt
er offen. Ein armer, alter, fast schon zerlumpter Mann
kommt des Wegs, schaut in den offenen Lieferwagen
und erschrickt bei dem Anblick der auf Backblechen
übereinander lagernden Nussbeugel, Kipferl und Hörn-
chen. Sein Schreck ist zu *sehen*; der Mann bleibt stehen
und öffnet die Augen und den Mund ein wenig mehr.
Etwas von dem, was ihm jeden Tag fehlt, ist plötzlich
zum Greifen nahe und noch dazu ohne Aufsicht. Aber er
ist einer der guten Armen aus der alten Welt, die in der
Entbehrung nicht das Wohlverhalten verlieren. Er geht
zwei Schritte weiter, bleibt an einer Hauswand stehen,
atmet und schaut und verwandelt sich in jemanden, der
alles Unbewachte schützt. Da kommt der Fahrer mit
dem leeren Blech zurück. Er schiebt es in den Wagen
und fährt weiter. Jetzt hat auch der Alte seinen Schreck
vergessen und geht weiter, wie er gekommen ist.

Wenn ich eines Tages gezwungen sein werde, mich vom Leben zu trennen, werde ich mit meiner Mütze anfangen. Ich werde auf die Schwedenbrücke gehen und warten, bis mir ein kräftiger Wind die Mütze vom Kopf stößt. Sie wird in hohem Bogen davonfliegen und die Donau hinuntersegeln. Dann werde ich mich auf das Brückengeländer lehnen und meiner davonschwimmenden Mütze so lange nachschauen, bis ich sie aus den Augen verliere. Dazu scheint mir eine Mütze gut geeignet. Aber dann muss ich feststellen, dass ich mich von nichts trennen kann, auch nicht von meiner Mütze, obwohl ich mich von ihr noch am ehesten trennen könnte. Sie ist alt und aus der Form, ich könnte sie opfern. Aber die Wahrheit ist, ich kann es nicht. Sobald ich die Schwedenbrücke betrete und das Aufkommen des Winds spüre, halte ich mit einer Hand die Mütze fest und ermahne mich: Wenigstens die Mütze könntest du hingeben. Ich betrachte andere Männer und Frauen, die ihre Mützen und Hüte auch nicht festhalten. Sie scheinen mit deren Verlust jeden Augenblick zu rechnen, und ich bewundere sie dafür. Aber leider hilft mir das nicht. Ich drücke die Hand gleichmäßig fest auf meine Mütze und sehe sie gleichzeitig tief unten wegschwimmen. Und langsam gerate ich in einen Taumel, von dem ich nicht weiß, ob er mehr zum Leben oder mehr zum Tod hintaumelt; aber er gibt mir zu verstehen, dass ich keine Möglichkeit haben werde, mich extra von meiner Mütze zu verabschieden. Immerhin komme ich durch den Taumel an den Rand eines wirklichen Abschieds heran. Deswegen verlasse ich auch die Brücke ganz schnell. Im Taumel vergesse ich sogar, meine Mütze festzuhalten. Aber ich habe Glück; in diesen Minuten streicht kein

Wind die Donau entlang. Ohne Mühe erreiche ich das andere Ende der Brücke und besitze meine Mütze immer noch.

Es ist ein zweistöckiges, breites, fast plumpes Haus mit großen Fenstern. An der Vorderseite führt eine heute viel befahrene, damals sicher stille Landstraße vorbei; an die Rückseite schließt sich ein großer Garten an. Auf einem kleinen Schild an der Klingel ist zu lesen, dass der Schlüssel zu Kafkas Zimmer in der Erdgeschosswohnung erhältlich ist. Die Haustür ist offen, wir treten ein. In dieses Haus in Kierling in Niederösterreich, das damals ein kleines Sanatorium war, ist der todkranke Kafka am 19. April 1924 eingeliefert worden. Nach eineinhalb Monaten, am 3. Juni, ist er gestorben. Im Hausflur tritt uns eine ältere Frau entgegen und sagt: Kommens. Sie verlässt durch den Hofausgang das Haus, wir folgen ihr und kommen in den Garten. Wartens, sagt die Frau und verschwindet in der Erdgeschosswohnung. Die Zimmer auf der Rückseite haben Balkone; im Garten rechts steht ein hölzerner Geräteschuppen. Vermutlich hat der stark geschwächte Kafka in diesem Garten nicht mehr umhergehen können. Da kommt die Frau, gibt uns den Schlüssel und sagt, dass wir ihn wieder bei ihr abliefern sollen. Die Frau verschwindet in ihrer Wohnung, wir gehen ins Haus. Es ist still; wir sind die einzigen Besucher. Holztreppen führen nach oben, Pendeltüren trennen die Etagen vom Treppenhaus. Die oberen Hälften der Pendeltüren sind mit kunstvollen Glasmosaiken ausgelegt. Kafkas Zimmer befindet sich im zweiten Stock. Im Flur der ersten Etage hängt eine große alte Bürouhr. Sie ist kreisrund und hat einen großen Minutenzeiger. Ich stelle mir vor: Kafka sah den zitternden Zeiger und wusste Bescheid. Die Fenster, die Flure und die Treppen sehen aus, als seien sie seit 1924 nicht mehr erneuert worden. Gesa schiebt den Schlüssel in das Schloss von

Kafkas Zimmer und öffnet die Tür. Der erste Blick enttäuscht mich so stark, dass ich nicht eintreten kann. Natürlich habe ich nicht damit gerechnet, Kafka in seinem Zimmer liegend anzutreffen. Nein, das ist nicht wahr! Genau das habe ich erwartet: Ich sehe Kafka in einem weißen schmalen Eisenbett liegen. Er schreibt Sätze und Worte auf kleine Zettel. Dora Diamant und Kafkas Freund, der Medizinstudent Robert Klopstock, sitzen auf weißen Holzstühlen. Vielleicht ist auch Max Brod anwesend, der ruhig in einer Ecke steht und sich von den Anstrengungen der Anreise erholt. Dora Diamant reicht Kafka ein Glas Wasser, Kafka nippt daran und bedankt sich schriftlich auf einem Zettel. Der Arzt hat ihm das Sprechen verboten, Kafka hält sich daran: wie an alle Verbote. An der Wand rechts hängt ein kleines Arzneimittelschränkchen, daneben ein Waschbecken. Ein eiserner Krug steht auf dem Holzboden, ein Handtuch hängt über der unteren Betteinfassung. An der Wand links ist eine kleine Lampe mit einem Schirm aus Milchglas befestigt. Dora Diamant ist hilflos und schweigt. Max Brod öffnet einen Briefumschlag und will Kafka eine von ihm geschriebene Rezension zeigen. In diesen Sekunden schläft Kafka ein. Und weil er schläft, kann ich eine Rede an ihn vorbereiten. Weil ich Kafka liebe, darf ich ihm Vorwürfe machen. Ich weiß längst, daß er nur sterben will, weil er nicht weiß, wie er weiterschreiben soll. Seit Jahren, genau: Seit 1914 häufen sich in seinen Tagebüchern und Briefen Bemerkungen über das nur noch «jämmerliche Vorwärtskriechen der Arbeit» (Tagebuch, 14. Dezember 1914). Wenn Kafka nicht bald beginnt, den Künstler in sich zu bilden, wird er den Kampf um das Schreiben verlieren. An diesem Punkt setzt meine Rede ein. Aber die Lage ist schwierig; nach Jahren der Mutlosigkeit hat Kafka begonnen, sein Schreibproblem über die Lunge zu somatisieren; im Juli 1917 wurde eine Lungentuberkulose diagnostiziert, wegen der er in diesem Krankenzimmer liegt: Ich weiß, was ich Kafka sagen will, aber womit soll ich anfangen? Am besten vielleicht mit dem wichtigsten Vorwurf. Schreiben allein genügt nicht, Herr Kafka, Sie müssen auch ein Künstler werden. Das Selbstbewusstsein, das Sie dazu brauchen, müssen Sie genauso erfinden wie das Schreiben. Das Selbstbewusstsein ist zunächst etwas Gespieltes, das nach einer Weile in etwas Wirkliches übergeht. Das ist es, Herr Kafka. Sie müssen sich nicht genieren, Herr Kafka, wenn Sie sich eine Zeit lang wie ein Betrüger vorkommen. Jedes sich fortsetzende Werk ist das Ergebnis zahlreicher kleiner und großer Schwindeleien, die das sich entwickelnde Selbstbewusstsein hervorbringt. Die Scham, die Sie beim Schwindeln empfinden, nehmen Sie ebenfalls auf die Seite des Selbstbewusstseins, damit sie produktiv wird. Merken Sie sich: Alles was Sie empfinden, auch die allerniederträchtigste Depression, dient Ihrer Stärkung. Die Sätze stehen, ich werde sie sprechen können. Dann betrete ich die beiden Räume. Sie sind heute die Tagungsstätte der österreichischen Franz-Kafka-Gesellschaft. Von der damaligen Einrichtung sind nur noch zwei Gegenstände vorhanden: das Sterbebuch der Gemeinde Kierling und ein Kehlkopfspiegel, mit dem Kafka damals untersucht worden ist. Gesa befindet sich im hinteren Raum und blättert in einem Katalog. Der vordere Raum ist als kleiner Vortragssaal hergerichtet; schwarze Stühle stehen in Reihen hintereinander, vorne erhebt sich ein schwarzes Pult. Lichte Gardinen halten die Strahlen der Wintersonne draußen. An den Wänden hängen Fotos von Dora Diamant und Robert Klopstock; neben diesen das Bild eines jungen Mannes, von dem die Bildlegende berichtet, dass er alle zwei Tage kam, um Kafka zu rasieren. Der junge Mann lächelt freundlich; er kann nicht gewusst haben, dass schon für den gesunden Franz Kafka jede körperliche Berührung eines anderen Menschen eine Zumutung war. Ich schaue den Mann an, der Kafka rasierte, und in diesem Augenblick bin ich wieder auf der Seite von Kafkas Leiden. Das Leben ist ein Versuch, ein paar Dinge nicht an sich herankommen zu lassen. Aber dann kommt ein Rasierer und macht alles zunichte. Das hatte ich vergessen. Herr Kafka, ich nehme meine Rede zurück. Ich verlasse die beiden Räume und warte draußen auf Gesa.

Auf dem Markt in der Brunnengasse ist Serbisch, Ungarisch, Griechisch, Tschechisch, Türkisch zu hören. Auf den Tischen liegen fremde Früchte, ich lese, dass es hier Kokossoz gibt, ich schaue Kokossoz an und will wissen, was Kokossoz ist; dann vergesse ich, dass ich Kokossoz gesehen habe, weil ich auf dem nächsten Stand Sarma entdecke, ich schaue hin und will wissen, was Sarma ist, aber auch Sarma gibt sich nicht zu erkennen. Zwei Tische weiter gibt es Polenta und tschechischen Mohn, schwarze Rettiche und bosnische Pflaumen. Die bosnischen Pflaumen gefallen mir sehr gut, ich werde später eine Tüte mit bosnischen Pflaumen kaufen und mit ihnen umhergehen und denken, du hast bosnische Pflaumen in der Tasche. Eine große schlampige Frau kommt den Mittelweg entlang; sie trägt einen falschen Tigermantel und hat einen Hund bei sich. Vor dem Stand eines Metzgers, der hier Fleischhacker genannt wird, bleibt sie stehen und kauft eine Portion Fleisch. Der Hund springt mit großen Sätzen um die Frau herum, er scheint zu wissen, dass das Fleisch für ihn bestimmt ist. Der Fleischhacker packt das Fleisch nicht ein, sondern schiebt den offenen Fleischhaufen auf einem Blatt Papier auf die Theke, die Frau zieht das Blatt mit dem Fleisch auf ihre Handfläche und lässt es dann auf die Straße fallen. Sofort beugt sich der Hund darüber und frisst die Ladung rasend schnell. Die Frau findet gerade genug Zeit, für sich eine kleine Pastete zu kaufen und zu zahlen. Da ist der Hund schon fertig, er steht da und reckt sich auf, er schluckt über einem bloß noch blutigen Stück Papier. Frau und Hund gehen weiter, das blutige Papier bleibt zurück. Aber nicht lange, dann kriecht unter dem Wagen des Fleischhackers eine Katze hervor, setzt sich vor das Blatt und leckt mit kleiner rosa Zunge das Blut vom Papier herunter. Auch sie beeilt sich und verschwindet wieder in ihrem Versteck aus Kartons, Holzwolle, Abfällen und Obstkisten.

Gesa sitzt vor dem Zimmerspiegel und probiert ein Kopftuch. Sie hat es sich in einem Bazar am Mexico-Platz gekauft. Es ist ein quadratisches Tuch aus schwerem, dunklem Stoff, wie es Perserinnen und Türkinnen tragen. Das Tuch soll wie ein kleines Dach über die Stirn ragen und an beiden Seiten des Kopfes ein wenig hervorstehen. Das Gesicht liegt dann in der Tiefe der Umwicklung wie in einem Nest. Erst dann fühlt sich Gesa geschützt gegen den Wind und gegen unerbetene Blicke von der Seite. Wenn sie sich das Tuch richtig um den Kopf binden kann, wird man sie nur noch von vorne anschauen können, und das heißt: nicht immer mit ihrer Einwilligung, aber in jedem Fall mit ihrem Wissen, und darauf kommt es ihr an. Aber es ist nicht einfach, das Tuch so in Stellung zu bringen, dass es seine Aufgabe erfüllen kann. Es soll den Kopf umhüllen, nicht umspannen, sagt Gesa; es muss gut sitzen, aber es soll Kopf und Hals nicht einschnüren. Eigentlich möchte ich mich, sagt sie, vor jeder Art des Angeblicktwerdens schützen, jedenfalls an manchen Tagen. Wenn ich Mut hätte, würde ich einen Überwurf tragen wie Iranerinnen, der nur einen Augenschlitz frei lässt. Aber ich kann mir das Tuch so anlegen, dass die untere Hälfte meines Gesichts verdeckt wird. Das heißt, ich kann es eben noch nicht, sagt Gesa und lacht und beginnt von neuem, sich den Kopf und Teile ihres Gesichts zu verhüllen.

Über den Rudolfsplatz geht eine ältere, verwitterte, fast schon heruntergekommene Frau; sie zieht ein voll beladenes, quietschendes, fahrbares Gestell hinter sich her, auf dem (in Beuteln, Paketen und Kartons verpackt) alles verstaut ist, was sie zum Leben noch braucht. Eine Minute lang will ich herausfinden, ob die Frau noch MITGLIED der Gesellschaft ist oder nicht mehr, welche Zeichen an ihr dafür sprechen und welche dagegen, ob sie als JENSEITIGE, als SCHWANKENDE oder ENDGÜLTIG ABGEGLITTENE zu betrachten ist. Eine Minute lang beurteile ich die Frau, wie man nur beurteilen kann, wenn man noch innerhalb eines bestimmten Urteilsschemas ist, erst dann bemerke ich, dass ich mich denkend an der Frau vergangen habe. Ich schäme mich ein wenig und versuche, die Frau anerkennend anzuschauen. Aber die Frau lehnt meine Blicke ab. Sie geht davon aus, dass sie von niemandem etwas zu erwarten hat, Anerkennung schon gar nicht. Und wenn sie dennoch Anerkennung auf sich zieht, dann ahnt sie, dass es sich um eine Form von Wiedergutmachung handeln muss. Deswegen ist Anerkennung für sie entbehrlich. Auf einzigartig verkniffene Weise verschwindet sie in der Heinrichsgasse, ihren Lebenswagen hinter sich herziehend.

Der Laden ist sauber, hell, groß und riecht gut. Auf Metallregalen stehen Gläser, Aschenbecher, Tassen, Scherzartikel, Kalender, Bleistifte, Seifen, Kerzen, Armringe. Jedes Ding ist neu und fühlt sich gut an und ist ganz und gar belanglos. Ein paar bunt gekleidete junge Leute trödeln schweigend umher. Eine schwarzhaarige Frau an der Kasse sieht lauernd in den Laden. Ich brauche die Dinge nicht, die es hier gibt; ich bin hier, weil ich Lust auf Missverständnisse habe. Wer hier umhergeht, taucht für kurze Zeit ein in den Schwindel der Jugend. Als ich neunzehn oder zwanzig war, trug ich rote Frotteesocken, die damals in ähnlichen Läden verkauft wurden. Viele Jugendliche trugen zur gleichen Zeit ebenfalls Frotteesocken, blaue, gelbe und rote, ich sah sie zwischen Schuhen und Hosenbeinen hervorleuchten und hatte das Gefühl: Frotteesocken halten die Welt zusammen. Jetzt sind es japanische Schirme, schwedische Stirnbänder oder italienische Krawatten, ich weiß es nicht, hier gibt es alles. Der Teppichboden ist weich und hellblau und frisch und verjüngt jeden, der darüber geht. Aus versteckten Boxen tönt die sahnige Stimme eines Rundfunksprechers, er sagt Musiktitel an, die cremig und voll in den Laden einströmen. Ich gehe zwischen den Regalen umher und frage mich, ob ich nicht doch einen Aschenbecher in Form einer liegenden Katze brauche oder eine Tischuhr rund und rotgelb wie ein Apfel. Aber da ist die Minute des Missverständnisses schon abgelaufen; in einem gläsernen Ständer steht eine Postkarte mit dem Bild von Jean-Paul Sartre, ich schaue in dieses hässliche und doch so wahre Gesicht, das Gesicht zieht mich aus dem Schwindel heraus, und zwar augenblicklich. Ich habe noch nicht einmal Zeit, Sartres Gesicht länger zu betrachten, ich hebe den Kopf und suche den Ausgang; die Frau an der Kasse wundert sich über meine plötzliche Eile, ihre Blicke kontrollieren mich, ich hebe die Arme zum Zeichen, dass ich nichts gestohlen habe. Dass es ein geschäftsschädigendes Bild in ihrem Laden gibt, kann ich ihr nicht sagen. Ich gehe hinaus auf die Alserstraße und gehöre wieder mir allein, vielen Dank, Herr Sartre. Wie krempelt mich der Anblick der Straße um! Sofort lese ich die Schilder an Hauswänden und Türen, ich schaue vorüberfahrenden Autos nach und blicke hoch zu den Menschen, die hinter Fenstern stehen. Wie belebt mich das Aussehen der Häuser! Jetzt bricht auch noch die Stunde der Dämmerung an, ringsum flammen Lichter auf, meine Schritte sind eine Spur schneller, weil das einsickernde Dunkel das tägliche Zeichen für das Zerbrechen des Lebens und für seine ungestüme Fortsetzung ist, ich schaue hoch zu den Häusern, die schon in das vollständige Nachtdunkel hineinragen, das Rot und das Grün und das Gelb der Ampeln sind plötzlich die einzigen eindeutigen Farben, ich wundere mich, dass nicht alle Menschen für eine Weile ihre Wohnungen verlassen und in den erleuchteten Straßen umhergehen.

Es wird nicht Tag. Die Hälfte des Morgens ist schon vorüber, es ist halb elf Uhr, und immer noch steht Düsternis und eine neblige Feuchtigkeit zwischen Häusern und Bäumen. Die Menschen schauen ihren Atemwolken nach. Der Gang der Schulkinder ist zögernd; ist etwa die Nacht zurückgekehrt und fällt die Schule heute aus? Die Alten gehen geduckt umher und verschwinden in Bäckereien, in denen es eine warme Helligkeit gibt. Gesa wartet auf den Augenblick, in dem die Straßenbeleuchtung abgeschaltet wird. Wir gehen in Richtung Praterstern. Ich schaue im Halbdunkel umher und freue mich, dass ich mich im Ausland mit einfachen Feststellungen begnüge: Die Stadt ist «groß», die Donau ist «breit», ein Turm ist «hoch», der Himmel ist «weit» und die Häuser sind «alt». Es geht so lange gut, bis ich auf die schwere dunkle Donau heruntersehe; beim Anblick des schnell fließenden Wassers zieht eine alte Sehnsucht in mich hinein, ich wundere mich, ich habe keinen Grund, mich zu sehnen, aber ich sehne mich, es ist eindeutig, ich kenne das Gefühl der grundlosen Sehnsucht seit meiner Kindheit. Da ist es geschehen: Die öffentliche Straßenbeleuchtung wird abgeschaltet. Gesa lacht auf: Jetzt ist sie in ihrem Zwischenreich. Die Nacht ist noch nicht gewichen, und das Tageslicht bricht auch nicht durch. Ein leichter Schreck geht durch die Menschen; sollen sie brüderlich zusammenrücken oder endgültig auseinander rennen? Sobald ich auf die Donau schaue, steigert sich meine Kindersehnsucht. Ich schwitze in den Augenbrauen; als ich vierzehn Jahre alt war, sehnte ich mich oft nach neuen Schuhen, weil ich glaubte, mit neuen Schuhen begänne auch ein neues Leben. Ich schaue auf meine Schuhe, nein, ich brauche weder neue Schuhe noch ein neues Leben; im Gegenteil, ich könnte Gesa sagen, dass ich das wirkliche gegen kein bloß gewünschtes Leben eintauschen möchte. Der heutige Tag ist der heutige Tag, er kann ganz unbelauert hingenommen werden. Aber Gesa beobachtet das Licht und will nicht angesprochen werden; sie schaut in die Straßenschluchten und in die Hinterhöfe und stellt fest, wo und wie sich das Tages- mit dem Nachtlicht vermischt.

Gesa bestellt eine Tasse Kaffee und einen Cognac. Sie hat ihr Fluchtfähnchen vom Ärmel genommen und auf den Tisch gelegt. Von den vielen Bildern, die wir heute betrachtet haben, ist eine betäubende Stummheit in uns zurückgeblieben. Ich nippe an Gesas Cognac und sehe den Passanten zu, die draußen auf einer Rolltreppe aus einer Fußgängerunterführung hochgeschoben werden. Ihr ameisenhaftes Auftauchen aus der Tiefe gibt ihren Gesichtern eine Leblosigkeit, die kaum zu ertragen ist. Weil ich ein wenig müde bin, fällt es mir leicht, an dem Gefühl allgemeiner ergebnisloser Endlosigkeit teilzunehmen. Ich schaue ein paar Spatzen zu, die draußen auf dem Boden umherhüpfen. Einer der Vögel ist ein wenig behindert; ein Flügel ordnet sich nicht recht in die übrige Körperlichkeit ein. Die gesunden Vögel eilen mit halb geflogenen, halb gehüpften Sprüngen über das Trottoir. Der behinderte Vogel hüpft zwar auch kleine Stücke nach vorne, bleibt aber dann umso tiefer in sich selber verduckt stehen und stößt ein unfreudiges Tschilpen aus. Ich möchte das kleine Tier in der Hand halten und es darüber aufklären, dass es keinen Sinn hat, Leiden zu äußern. Stattdessen schiebe ich meine Hand in Gesas linken Mantelärmel und drücke ihren Arm vorsichtig. Ich sage ihr nicht, dass die Berührung auf den Anblick eines armen Vogels und auf eine unsinnige Belehrungsabsicht zurückgeht. Gesas Mund ist ein wenig geöffnet, ihre Lippen sind eingedunkelt. In diesem Augenblick schaltet einer der Kellner ein Fernsehgerät ein, und nach ein paar Sekunden springt das Bild einer Fußballübertragung auf den Schirm. Auf den weißen Trikots der einen Mannschaft steht in schwarzen Buchstaben das Wort ERDGAS. Ich will zahlen und gehen, aber Gesa hält mich zurück. Aus ihrer Tasche holt sie einen Apfel heraus und beißt hinein. Ich sehe ihr dabei zu, wie sie den Unterkiefer gemächlich bewegt und während des Kauens auf die Bissstelle des Apfels sieht, der reglos in ihrer dünngliedrigen, fast knochigen Hand liegt. Das Apfelessen ist gegen das laufende Fernsehgeschehen gerichtet. Gegen den fremden Lärm setzt sie ein eigenes privates Geräusch. Neidisch beobachte ich ihre stille Aktion. Ein paar Mal blickt der Kellner zwischen uns und dem Fernsehapparat hin und her. Immer wieder rennt auf den Rücken von Spielern das Wort ERDGAS über den Bildschirm. Mit der linken Hand spielt Gesa mit ihrem Fluchtfähnchen, mit der rechten hält sie den Apfel. Gesa ist gerettet; hinter ihr und vor ihr könnten zehn Fernsehgeräte eingeschaltet sein: Keiner könnte ihre Abschirmung durchbrechen. Ein schönes Fernsehprogramm wäre jetzt ein langer Zug, der durch eine eintönige Landschaft fährt; zu hören wäre nur das Anschlagen der Räder auf den Schienen. Ein Spieler der ERDGAS-Mannschaft fühlt sich ungerecht behandelt; er lässt sich mit den Knien auf den Platz fallen und schlägt mit beiden Fäusten auf den Boden. Ich beneide ihn um die Darstellbarkeit seiner Empörung und warte auf einen weiteren Ausbruch. Aber er richtet sich schon wieder auf; und während er sich erhebt, streckt sich das Wort ERDGAS über die ganze Breite des Bildschirms. In diesem Augenblick greift meine eigene Empörung ins Spiel ein. Ich entdecke, dass ich von dem Wort ERDGAS nur das R verschwinden lassen und dann die beiden ersten Buchstaben umstellen muss, dann ist aus Erdgas das Wort DEGAS geworden. Das für den Nachnamen nicht verwendete R brauche ich für den Vornamen EDGAR. Ich lache, Gesa schaut auf. Ich sage, dass ich seit ein paar Sekunden weiß, wo wir hinfahren werden: nach Paris, um Bilder von Edgar Degas anzuschauen. Gesa ist sofort einverstanden. Sie verstaut den Apfel, unsere Blicke gehen hin und her, ich zahle, wir sind dankbar für das Gefühl plötzlichen Aufbruchs. Wir gehen ins Hotel und packen die Koffer.

III

Der Zug, in den wir frühmorgens auf dem Wiener Westbahnhof zusteigen, kommt aus Bukarest und wird, bis er in Paris eintrifft, dreizehn Stunden brauchen. Er ist lang, grau und staubig; hinter fast allen Fenstern sind die Gardinen zugezogen. In den Abteilen liegen schläfrige Menschen, die sich wegdrehen, wenn wir die Türen öffnen. Ein leeres Abteil werden wir diesmal nicht finden können. Wir drängeln uns an Menschen und Koffern vorbei, wir stoßen mit den Schultern, die Atmosphäre ist stickig und eng und ein wenig gereizt. Wie immer, wenn ich in Bahnhöfen oder Zügen bin, schlage ich mich mit dem Gefühl herum, wir müssten einer schlimmen Sache entkommen. Wir nehmen ein Abteil an der Spitze des Zuges, in dem ein nicht mehr junges Paar sitzt. Wir schaffen Bierdosen, Flaschen, Einwickelpapier, Zigarettenschachteln und alte Zeitungen hinaus. Gesa besorgt aus der Toilette ein Papierhandtuch und wischt damit das Abteiltischchen und sogar den Boden auf. Das Paar schaut reglos zu. Er ist ein abgearbeiteter, einfacher Mann mit straff zurückgekämmten Haaren. Die Frau ihm gegenüber hat ein volles Gesicht und eine gesunde Hautfarbe. Wenige Minuten vor Abfahrt des Zuges sagt die Frau zu ihm: Du musst jetzt gehen. Erst jetzt wird klar, dass es sich bei dem stummen Gegenübersitzen um eine Verabschiedung gehandelt hat. Der Mann erhebt sich und verlässt den Zug. Immer neu blitzt das Winterlicht durch kahle Baumkronen in unser Abteil hinein. Heute Morgen beim Frühstück hat Gesa gesagt: Reisen macht zart und umständlich. Zart und umständlich verteilt sie Kleidungsstücke, Bücher und Gegenstände aus ihrer Handtasche auf die leeren Plätze. An dem roten Hautfleck, der sich unterhalb ihres Halses bildet, kann ich erkennen, dass sie sich in freudiger Stimmung befindet. Die mit uns fahrende Frau verlässt von Zeit zu Zeit das Abteil und blickt von draußen auf ihren leeren Sitzplatz. Diese Blicke gefallen mir sehr gut. Links und rechts strecken sich Schneefelder mit dürrem Gesträuch und Gestrüpp dazwischen. Manchmal kommt ein viereckiger, quadratisch angelegter Hof ins Bild oder ein zugefrorener See. Wir rasen durch kleine Provinzbahnhöfe, rechts und links flitzen Lampenmasten vorbei. Die Fenster der Bahnhofswirtschaften sind immer erleuchtet. Da sitzen die drin, die die Abfahrt nicht schaffen, sagt Gesa. In Linz steigt die Frau aus. Der Zug hat drei Minuten Aufenthalt; wir hören eine Lautsprecherdurchsage: EIN ARBEITER SOFORT ZUM KUNDENDIENSTSCHALTER. Wir wundern uns, dass noch immer Menschen herbeigerufen werden können, wir schauen aus dem Fenster, um unter den vielen umhereilenden Menschen den *herbeigerufenen* zu erkennen, aber wir finden ihn nicht heraus. Bald durchqueren wir den südlichsten Streifen Deutschlands; der Zug hält jetzt oft, und die Menschen, die hier zusteigen, sind nervös und gepflegt und gegen sich selber grob. Zwei Arbeiter in farbigen Anoraks dringen in unser Abteil ein; sie reißen Bierdosen auf, reden und trinken. Gesa polstert sich mit Kleidungsstücken eine Ecke aus und versucht zu schlafen. Es gelingt ihr nicht, es ist zu laut, die beiden Arbeiter haben die Abteiltür nicht wieder verschlossen. Jugendliche mit Earphones poltern durch den Gang. In ihre Köpfe dringt ein metallenes Ticken und Klopfen ein, das die anderen als ein allgemeines Schaben mithören müssen. Ich versuche, alle Geräusche zu ignorieren, der Versuch misslingt und endet mit einer unsinnigen

Anstrengung. Das Knallen der Bierdosen und das Schaben der Earphones sind die neuen Geräusche der öffentlichen Einsamkeit, an der alle teilnehmen müssen. Die Bäume sind schwarz und leer, der Himmel ist fahl, die Felder sind braun und Gesa ist bei mir. Links und rechts sind kleine Fabriken zu sehen. Zwischen aufdringlichen Schnellstraßen stehen ein paar Wohnhäuser. Eine sonderbare Freude zieht durch mich hindurch, es ist, als ob alles in einen Abgrund stürzt, und Gesa und ich sind die Einzigen, die lebend davonkommen.

Die plötzlich vor unseren Augen erscheinende Schönheit des Platzes vor der Gare de l'Est reißt unsere erschöpften, verbrauchten und verdrossenen Körper wieder hoch. Gesa setzt sich auf ihren Koffer und weint ein bisschen. Im gelben Licht der Cafés ringsum liegt Freundlichkeit für jeden Menschen. Die Wärme geht aus von den polierten Spiegeln an den Wänden, von den blinkenden Beschlägen und Griffen, von den mahagonidunklen Theken, die die Räume durchziehen, von den farbig angestrahlten Flaschen, von den erleuchteten Truhen, in denen Backwaren, Pasteten, Pralinen und Bonbons ausgestellt sind, vom Tönen des Geschirrs, das über den Platz dringt und zu uns sagt: Ihr könnt hereinkommen. Wir wollen, aber wir können noch nicht; eine Lähmung aus Glück, Begeisterung, Andacht und Benommenheit hält uns zurück. Mir fallen Szenen ein, die ich im Kino oft gesehen habe: Wenn in alten Filmen Menschen gezeigt werden, die sich freuen, dann werfen sie ihre Stöcke und Schirme in die Höhe. Zum ersten Mal bedaure ich, dass ich keinen Schirm und keinen Stock bei mir habe. Ich nehme meine Armbanduhr und werfe sie wie ein kleines Bällchen hoch und fange sie mit der gleichen Hand wieder auf. Gesa sitzt da und wischt sich mit einem kleinen weißen Taschentuch über das Gesicht. Gesas Weinen gilt nicht mir, deswegen halte ich mich zurück. Ich stehe halb rechts hinter ihr und beobachte die Kellner in den Cafés. Es gefällt mir, wenn sie Teller und kleine Schüsseln auf Tabletts heraustragen. Nach einer Weile erhebt sich Gesa von ihrem Koffer und umarmt mich. Ankommende Autos fahren einen großen Kreis um uns herum. Wir biegen nach links ab in die Rue du Faubourg, um in die Rue La Fayette zu kommen. Dort kennen wir ein altes, sechsstöckiges Hotel mit gewölbtem Zinkdach. Und wirklich, der Mann in der Rezeption, ein höflicher Afrikaner, hat oben im Dachgeschoss ein Zimmer für uns frei. Der Fahrstuhl ist kaputt, wir müssen unser Gepäck sechs Stockwerke hochschleppen. Das Stockwerk kennen wir, das Zimmer noch nicht. Wir stellen nur unsere Koffer ab und gehen zurück zur Gare de l'Est und setzen uns in eines der Cafés. Ich möchte dasitzen wie jemand, der schon immer dasitzt, sagt Gesa.

Ich halte mir eine Zeitung über den Kopf und gehe im Regen umher. Jetzt kann ich besser das Kind beobachten, das sich so lange um sich selbst dreht, bis es schwindlig wird und hinfällt. Es bleibt ein paar Sekunden im Regen liegen und erhebt sich dann wie ein Greis. Schon sinkt die Zeitung auf meinem Kopf an den Seiten herunter. Gesa ist im Hotelzimmer und will allein sein. Heute Nacht hat sie geträumt, sie bekäme ein Kind; als sie es geboren hatte, sah sie, dass es ein Frosch war. Obwohl es ein Traum war, war sie gekränkt. Am Morgen bat sie mich, sie heute allein zu lassen. Ein vom Wind gebogener Baum sieht aus, als ziehe er sich gerade einen Mantel an. Es kann nicht mehr lange dauern, dann werde ich die Nässe in den Haaren spüren. Ein Junge rast auf einem Fahrrad über einen Kiesweg; jedes Mal wenn er den Gang wechselt, zuckt eine schnelle Freude über sein Gesicht. Ich bin am liebsten über Pflastersteine gefahren und habe dabei gesungen. Durch das holprige Fahren klang auch das Singen stotterig; ich sang nicht, ich gab nur ein zitterndes Tongefälle von mir, das mich von der Welt entfernte. In dem Café, in das ich eintrete, gibt es viel Platz zwischen den Tischen. Die meisten Gäste sind Touristen; sie sind an ihrer etwas zu guten Bekleidung zu erkennen, auch ihre Bewegungen haben etwas Sonntägliches an sich. Ihre Gesichter verraten, dass sie zur Zeit nicht richtig leben, sondern nur einen längeren Ausflug machen. Ich mag nicht die falsche Neuheit von Menschen, die durch tadellose Kleidung entsteht. In der Nähe des Fensters finde ich einen Einzeltisch. Die nasse Zeitung lege ich auf das Fensterbrett dicht über der Heizung. Nicht weit von mir sitzt eine junge Frau, die übermäßig lange den Kaffeelöffel im Mund behält. Einige

Frauen ziehen ihre Pullover und Strickwesten aus und zeigen ihre bloßen Arme und Schultern. Damit habe ich nicht gerechnet; der Anblick der fremden Schultern und Arme erinnert mich an das Sterben meiner Mutter, und daran wollte ich nicht erinnert werden. Aber die Bilder sind schon da: Zwei Tage vor ihrem Tod stand ich in ihrem Zimmer und habe laut ihren Namen gerufen, ich habe mit dem Einwickelpapier der Blumen geraschelt, ich bin geräuschvoll auf und ab gegangen, ich habe eine Tasse auf den Boden fallen lassen, aber sie hörte mich nicht mehr. Wenn sie erwachte, erschrak sie und sagte einen Satz und schlief wieder ein. Ich versuchte, ihr Gesicht zu betrachten, aber es war mir nicht möglich, die angeschwollenen Augen und die in die Mundöffnung eingesogenen Lippen anzuschauen. Deswegen sah ich auf ihre weißen und glatten Schultern, die mich erstaunten, weil sie nicht hinfällig geworden waren. Es waren die Schultern einer schönen Frau. Die Schultern der Frauen hier im Café sind noch jung und zart, jedenfalls die meisten. Es ist, als wüssten die Frauen, dass ihre Jugend in den Schultern steckt. Ich kann nicht länger hier bleiben, ich stehe auf und gehe weg, ehe ich eine Bestellung aufgegeben habe; draußen breite ich mir die Zeitung über den Kopf, und im Augenblick der Wiederkehr der Nässe spüre ich: einen Moment falscher Todesvertrautheit.

Am Ende der Rue de Rivoli führt ein Mann eine Pantomime vor: der Mensch als Maschine, eine Nummer mit abgezirkelten, ruckartigen Bewegungen, ein eckiger und verkanteter Ablauf, der das Mechanische im Menschen nach außen stülpt. Niemand bleibt stehen, niemand betrachtet die Darbietungen, nicht einmal Kinder. Ganz allein agiert der schön angemalte und phantasievoll kostümierte Pantomime am Rande eines Stroms von vorübereilenden Menschen. Plötzlich, ausgelöst durch das Bild der hastenden Menschen, die keine Zuschauer mehr sein können, wird klar, warum die Nummer nicht mehr ankommt: Die vorübereilenden Menschen stellen ihre eigene Maschinenartigkeit viel besser dar als der Pantomime. Die Dargestellten haben ihre Darstellung eingeholt. Wahrhaft traurig führt der Pantomime nicht mehr seine Kunst vor, sondern nur noch deren Verspätung.

Die Rue St. Denis verläuft parallel zum Boulevard Sébastopol und ist, obwohl schmal und ärmlich, lebendiger und bunter als der Boulevard. Prostituierte stehen in den Hauseingängen und machen die Straße doch nicht zu einer bloßen Hurengasse. Das liegt an den vielen Obstläden, Metzgereien, Bäckereien, Fischgeschäften, Kiosken und dem Betrieb, der zwischen den Ständen herrscht. Die Schaufenster der Konditoreien stehen voll mit kleinen und großen Kuchen, die mit Aprikosen, Kirschen, Rosinen und Trauben gedeckt sind. Sie stehen auf zierlichen, fein geputzten Messingregalen übereinander und nebeneinander, vor jedem ein geduldig gemaltes Preisschild. Mir gefallen die Prostituierten, weil sie etwas öffentlich machen, was jeder Mensch tut: warten. Ich bleibe stehen, schaue mir die Frauen an und komme selbst ins Warten. Ich weiß nicht, worauf ich warte, aber das macht nichts, es gibt immer etwas zu warten. Mein Bewusstsein ist sofort damit einverstanden, dass ich warte, obwohl es nicht erfährt worauf. Es ist nicht immer ganz leicht, die Unterschiede zu sehen: Unter den Prostituierten sehen viele aus wie spät aufgestandene Hausfrauen, und unter den Hausfrauen gibt es manche, die leicht mit Prostituierten zu verwechseln sind. An den blutenden Hühnern, die in den Schaufenstern der Metzgereien nebeneinander hängen, sind die Köpfe und Fußkrallen nicht entfernt. Auf einem Stück Pappe liegt ein brauner Hund. Er schaut in den Eingang eines verbrannten Nachtlokals. Ein Säugling sitzt reglos in seinem Kinderwagen; er sieht aus, als wüsste er schon alles. Ein Kind sitzt auf einem Treppenabsatz und bohrt die Spitze eines Bleistifts in einen Radiergummi. Es ist wie immer, ich warte umsonst. Ich betrachte einen

Mann, der in einem Friseursalon sitzt und sich rasieren lässt. Ich schaue in den Salon und sehe den ruhig nach hinten gelehnten Körper des Mannes; seine Arme und Hände liegen unter einem weißen Tuch, seine Augen sind geschlossen. Ein Arbeiter geht vorüber; er trägt drei Bretter auf seiner linken Schulter. Vier Finger halten die Bretter von oben, der Daumen drückt von unten dagegen. Der Daumen braucht die meiste Kraft; er ist fast weiß vor Anstrengung. Ich folge dem Bauarbeiter, er verlässt die Rue St. Denis durch eine schmale Gasse und gelangt auf den Boulevard Sébastopol. Wie der Mann im Friseursalon schließe ich die Augen für ein paar Sekunden und öffne sie wieder. Der Arbeiter mit den Brettern führt mich aus meiner Verwunderung über das Warten heraus. Ich warte weiter, aber ich bin nicht mehr darüber erstaunt. So möchte ich immer leben können: als glücklich Enttäuschter, der die Augen schließt und sie wieder öffnet, der die Dinge sieht und arglos die ihnen zugehörenden Wörter denkt: Motorrad, Zeitung, Abfall, Frau, Schuhe, Baum, Balkon, Bus, Licht.

Unser Hotelzimmer dicht unter dem Dach ist groß und niedrig. Es ist wirr eingerichtet. Die Deckenleuchte ist ganz aus Kunststoff. Der billige Kaufhausspiegel, der dicht neben der Tür hängt, ist zersplittert. Obwohl die Dinge noch neu sind, zeigen sie Hinfälligkeit. Die gelb geblümte Tapete ist viel älter. Das schwarze Telefon an der Wand dürfte aus den fünfziger Jahren stammen. Die Rostflecken an der Dusche sind vermutlich genauso alt. Der Verschluss an der Zimmertür, ein einfacher Riegel, ist so oft übermalt worden, dass er sich nur mit ein wenig Gewalt öffnen und schließen lässt; ich tippe: Er schließt die Tür seit den vierziger Jahren. Das Eisenbett ist ungefähr zehn, vielleicht auch zwanzig Jahre jünger. Die anderen Gegenstände sind älter. Der Heizkörper in der Nähe des Fensters hat sich aus seiner Halterung gelöst; er ist so mürbe wie die ganze Wand. Das Zinnblech des Daches, das auf beiden Seiten des Fensters herabschrägt, verrät das Alter des ganzen Hauses. Das Durcheinander der Einrichtung hat unsere Stimmung in den ersten Tagen gedämpft. Heute blieben wir mitten im Zimmer stehen, sahen uns um und mussten lachen. Warum wir plötzlich lachen mussten, haben wir nicht verstanden. Gesa sagt: Die Komik wird von den verschiedenen Lebensaltern der Dinge ausgelöst; wenn ich meine Oma sehe, muss ich auch lachen, obwohl sie nicht komisch ist. Ich lache nur, weil ich mich wundere, dass es so alte Menschen gibt.

Wir beobachten afrikanische Asylanten, die zwischen Touristen umhergehen und Ringe, Ketten, Kleinplastiken und Feuerzeuge verkaufen wollen. Niemand beachtet sie, niemand interessiert sich für ihre Waren, niemand kauft etwas. Die Afrikaner sind nicht nur fremd und arm, sie sind durch zu viel Vergeblichkeit auch unbeholfen geworden. Sie spielen mit den Sachen, die sie verkaufen sollen; durch das Herumfingern an den Ringen und das Kreiseln der Ketten an ausgestreckten Fingern tritt die Langeweile ihres Lebens hervor und durch die Langeweile auch die Pein ihrer Fremdheit. Durch die öde Wiederholung der immer gleichen Bewegungen des Zeitvertreibs blitzt ihre Ratlosigkeit ins Bild, die ohnmächtige Duldung des Schicksals, das sie in eine Welt hineinverschlagen hat, in der sie nur herumstehen dürfen.

Im Wiener Hotelzimmer gab es zwei Wolldecken, hier, in Paris, sind gleich drei aufeinander gestapelt. Die Pariser Wolldecken sind grau, schwer, dicht, schmucklos. Ich kann sie nicht ansehen, ohne mir eine Katastrophe auszudenken, für deren Milderung sie gebraucht werden könnten. Wolldecken sind das Erste, was man Hungernden, Kranken, Verstörten, Verletzten und Entkommenen umhängt: als Zeichen für das Ende einer Bedrohung. Ich lege mir eine Wolldecke über und gehe im Zimmer umher. Gesa liegt auf dem Bett und beschreibt meine Erscheinung. Sie spricht so schön, dass ich sie zwischendurch fragen möchte: Was kosten deine Sätze? Nach Gesa könnte ich ein Pilger, ein Mönch, ein Hirte, ein Abwesender oder ein Suchender sein. Die Beschreibung als Abwesender gefällt mir am besten. Gesa lacht. Unter dem Deckmantel der Abwesenheit willst du extrem anwesend sein, sagt sie. Ich will ein wenig auf die Straße gehen. Gesa will mich vom Fenster aus beobachten. Im Treppenhaus begegnet mir niemand, die Rezeption ist nicht besetzt, ich komme ungesehen auf die Straße. Die Rue La Fayette ist kalt und nass, aber voller Betriebsamkeit. Ein Mann mit Kneifzange und Eisenkorb geht vorüber und sammelt Papierstücke ein. Ein junges Mädchen schaut mit zufriedener Miene auf seinen Busen herunter. Ein Kind steht an einer Hauswand und ahmt mit den Lippen das Geräusch eines Motors nach. Zwei Afrikanerinnen tragen zugebundene Wäschebeutel auf dem Kopf vorüber. Ein langsam gehender Mann hat die Hände gefaltet und betet. Ich spüre, dass ich nicht auffalle. Hier, und vielleicht nur hier, kann jedermann so extrem abwesend und anwesend sein, wie er will. Die Wolldecke ist plötzlich mein Seelenmantel geworden, unter dem mein Leben angenehm verhüllt vergeht. Ich kann in mir selber umherwandern und zugleich unter den anderen sein. Auf der Straßenseite gegenüber schwenkt ein alter Mann seinen Stock. Ich sehe es und zucke zusammen, weil der erhobene Stock wie eine Drohung aussieht. Der Alte überquert die Straße und trifft auf einen anderen alten Mann, und jetzt erst erkenne ich, dass das Stockschwenken eine Begrüßung war. Wunderbar legt sich in mir der Tumult der falschen Auslegung. Später, am Abend, nimmt Gesa die gleiche Decke, mit der ich auf der Straße war, wickelt sich darin ein und legt sich auf den Boden des Zimmers. Sie sagt, dass sie die Nacht nicht im Bett verbringen will. Ich sehe eine Weile zu, wie sich Gesas Bewegungen unter der Wolldecke abbilden. Es dauert nicht lange, dann ist sie eingeschlafen. Jetzt bewegt sie sich kaum noch. Im langsam sich eindunkelnden Zimmer ruht mein Blick auf ihr.

Genau genommen sind wir nur wegen *eines* Bildes von Edgar Degas nach Paris gekommen, wegen des Pastells «Die Wanne» (1886 entstanden). Es zeigt eine nackte Frau, die in einer flachen Zinkwanne sitzt und sich wäscht. Es ist Gesas Lieblingsbild; unvergesslich wurde es für sie durch einen Satz von Degas, den sie vor vielen Jahren las, als es ihr sehr schlecht ging. Mit seinen Aktstudien, so ungefähr lautet der Satz von Degas, wollte er die menschliche Kreatur zeigen, die sich mit sich selbst beschäftigt wie eine Katze, die sich leckt. Der Mut, den Menschen mit einer sich leckenden Katze zu vergleichen, hat auf Gesa damals wie eine Befreiung gewirkt. Und durch diesen Mut wuchs auch ihr der Mut zu, sich mit sich selbst zu beschäftigen wie eine Katze, die sich leckt. Als wir das Bild zuletzt sahen, hing es noch im alten Impressionistenmuseum Jeu de Paume an der Place de la Concorde, am Rande der Tuilerien. Seit kurzer Zeit gibt es dieses kleine Museum nicht mehr. Das Haus steht noch, aber es ist kein Museum mehr. Für die Impressionisten und für eine große Zahl weniger bekannter Maler gibt es jetzt ein ganz neues Museum, das Musée d'Orsay direkt an der Seine. Dorthin fahren wir an einem regnerischen, kalten Tag: nichts Gutes ahnend. Und unsere Ahnungen behalten Recht. Schon von weitem sehen wir auf dem Vorplatz des neuen Museums drei Busse stehen. Japaner, Amerikaner, Deutsche, Engländer und Italiener stehen in Gruppen herum. Aus dem kleinen Jeu de Paume, in das nur ging, wer wusste, was das Jeu de Paume war, ist ein riesiger Kunstbahnhof mit dem Attraktivitätsgrad des Eiffelturms oder des Louvre geworden, das von keinem ordentlichen Touristen mehr ausgelassen werden darf. Da stehen sie nun, die ratlosen

Leute aus Birmingham, Wuppertal und Osaka und warten auf die verbilligten Gruppentickets, die ihnen an der Kasse besorgt werden. Unser Museum ist das nicht mehr. Ich erinnere mich an das alte Jeu de Paume, an die einfachen Kordelabgrenzungen vor den Bildern, an die provisorisch verhängten Fenster, an die leinenverspannten Wände, an die Kanapees zwischen den Wänden, an die schönen Parkettböden. Zum ersten Mal gehören Gesa und ich zu den Menschen, die wissen, wie etwas ‹früher› war. Wir sind überrascht und ein wenig beschämt, wir hatten gedacht, das komme viel später oder überhaupt nicht. An wen in der Welt richtet man die Bitte um ein kleines Museum? Gesa will das Orsay nicht betreten; sie hält das neue Museum für eine Mischung aus Kaufhaus und Schwimmbad. Ich mache einen Vorschlag: Ich pirsche mich allein an eine der Kassen heran und erkundige mich, *wo* unser Bild hängt. Gesa hält meine Idee für hoffnungslos, aber sie ist einverstanden. Und ich erfahre, dass «Die Wanne» im fünften Stockwerk zu finden ist, in das man über eine Rolltreppenanlage gelangen kann, wie wir sie (Gesa hat Recht) sonst nur aus Kaufhäusern kennen. Und der Betrieb, der hier herrscht, ähnelt tatsächlich dem von Freibädern im Sommer. Gesa bleibt dabei: Sie reiht sich in keine Rolltreppenpulks ein, sie will nicht Teil eines künstlichen Gedränges werden, nur weil sie ein Bild sehen will. Sie geht in den Kassenraum und kauft eine Postkartenabbildung der «Wanne» und macht einen neuen Vorschlag: Sie will das Bild im Hotelzimmer nachstellen. Die paar Sachen, die wir dazu brauchen, wollen wir rasch zusammenkaufen: eine hellbeige oder weiße Wasserkanne, ein braunes Kopftuch, eine Haarbürste, einen Schwamm, eine braune Kaffeekanne, eine Brennschere. Ein schmaler Tisch von der Art, wie er bei Degas auf der rechten Seite ins Bild ragt, steht im Hotelzimmer. Ich weiß nicht, wie ernst es Gesa mit ihrem Plan ist. Jedenfalls tun wir eine Weile so, als wollten wir das Bild tatsächlich nachstellen. Ich bin erstaunt, Gesa sprachlos und aggressiv durch ein paar Kaufhäuser gehen zu sehen, die sie kurz zuvor verurteilt hat. Es gibt fast alles, was wir brauchen, sogar eine altertümliche Brennschere ist aufzutreiben, aber eines gibt es nicht mehr, das Wichtigste: eine flache Bodenwanne aus Zinn oder Kupfer. Es gibt nur noch Plastikwannen, die Gesa nicht einmal anfasst. An diesem Punkt gibt Gesa ihren Plan auf. Ein wenig gekränkt verlassen wir das Kaufhaus Tati an der Place de la République. Unter dem Eindruck der Enttäuschung können wir eine Weile nicht miteinander sprechen.

Jede Nacht stinkt die Stadt ein wenig anders. Gestern stank sie nach den Fabriken im Westen, vorgestern nach Todesverachtung und den Bomben, die tagsüber explodieren, heute Nacht stinkt sie nach Farbe, Chemie und Teer. Gesa schläft. Es ist halb fünf Uhr morgens. Ich gehe leise im Zimmer umher oder sitze am Fenster und schaue auf die Straße hinunter. Ich trage den Hut, den ich seit ein paar Tagen besitze. Wir haben ihn auf dem Flohmarkt Montreuil gefunden. Ich sah ihn auf einem Klumpen mit alten Kleidern liegen, und er passte mir. Inzwischen trage ich ihn auch im Hotelzimmer. Eben bin ich aufgewacht und habe sofort nach dem Hut gegriffen. Ich zünde eine kleine Kerze an und greife nach Beckmanns Tagebüchern. Ich schlage das Buch an einer beliebigen Stelle auf und finde den Satz: «Man kann sich ja auf den Kopf stellen – man kommt nicht vorwärts ohne zu sterben» (10. November 1948). Ein solcher Satz erleuchtet auch die finsterste Nacht. Ich blättere ein wenig zurück und stoße auf den Satz: «Nun, invisible man, du wirst unangenehm sichtbar und es ist höchste Zeit, ein neues Pulver des Verschwindens zu erfinden» (9. Juli 1946). Ein Pulver des Verschwindens! Unten auf der Straße geht eine stark angetrunkene Frau vorüber. Obwohl nicht die geringste Ähnlichkeit besteht, erinnert sie mich an meine Mutter. Die betrunkene Frau singt, meine Mutter hat auch oft gesungen. Nie werde ich mein Erstaunen darüber vergessen, dass aus dem schön geschwungenen Mund meiner Mutter, als sie im Sterben lag, in wenigen Wochen ein fahles Loch wurde. Als ich diese Veränderung sah, glaubte ich, dass aus meinem Schreck der Beginn meines eigenen Sterbens werden müsste. Tatsächlich könnte jetzt, hier am Fenster, mein eigenes Leben zu Ende gehen. Ich könnte vom Stuhl fallen und schon davon nichts mehr erfahren. Aber ich sehe auf den Lichtschalter neben der Tür, in dem Tag und Nacht eine kleine rosa Elektroflamme flackert. Ein Glück, dass ich einen Hut besitze; der tröstet mich beim Warten. Gern sprach meine Mutter von der Schlamperei des Hoffens. Meine ganze Kindheit lang wusste ich nicht, was dieser Ausdruck bedeuten soll. Erst jetzt bemerke ich, welch eine große Schlampe die Hoffnung ist und dass man diese Schlampe trotzdem lieben muss. Aus Begeisterung, dass ich lebe, drücke ich meine Pulsader an der Unterseite meines Unterarms ein paar Mal zur Seite und freue mich, dass sie an die alte Stelle zurückspringt und weiterpulst. Gestern Nachmittag sah ich ein schwarzes Pferd, das über seinen langen schwarzen Ohren weiße Ohrenschützer trug. Das Pferd sah aus wie sein eigener Todesbote. Es befiel mich ein solcher Drang nach Leben, dass ich vor einigen Haustüren stehen blieb und die Namen auf den Klingelschildern las. Nach jedem Namen dachte ich begeistert: Auch hier wird gelebt! Draußen wird es hell. Ich lösche die Kerzen auf dem Fensterbrett. Eine Frau in Kittelschürze und wollenen Strümpfen tritt vor den Eingang des Hauses gegenüber und bleibt eine Weile auf der Türschwelle stehen. In der linken Hand hält sie ein Schlüsselbund, in der rechten einen Lappen. Sie schaut die Straße auf und ab. Sie hat aufgehört, anderen gefallen zu wollen. Nach einer Weile stößt sie mit dem Hintern die Tür auf und verschwindet im Flur. Jetzt liegt die Straße wieder still da. Es ist, als hätten sich zwischen den Häusern die Kränkungen ihrer Bewohner gesammelt. Auf dem Bett rührt sich Gesa, bald wird sie erwachen. Auf dem Fenstersims läuft eine kleine schwarze Spinne entlang. Wenn sie ihre Geschwindigkeit erhöht, muss ich fast lachen, weil ich dann ihre Beine nicht sehe. Sie ist dann nur ein stecknadelkopfgroßer Punkt, der irgendwohin zu rollen scheint. Ich nehme an, dass ich das Leben der Spinne nicht beeinträchtige. Nur wenn ich ihr näher komme, bemerkt sie, dass es außer ihr noch andere Lebewesen geben muss. Wenn sie ruhig verharrt und ich komme ihr näher, rennt sie plötzlich los. Sie fürchtet sich vor näher kommenden Gegenständen, genau wie ich. Als ich dreizehn war, habe ich eine Weile Gott gespielt. Ich habe kleine Käfer gefangen und legte sie auf meine flache Hand. Darüber erschraken sie so sehr, dass sie die Beine einzogen und sich tot stellten. Dann kam Gott und hauchte sie an. Ein wenig warmer Atem genügte, und die erschreckten Tiere rappelten sich wieder auf und liefen weiter. Da erwacht Gesa. Sie öffnet die Augen, schaut mich an und reibt sich in der Gegenrichtung die Augenbrauen. Diese Handbewegungen erstaunen mich, ich habe sie noch nie an ihr gesehen. Wenn Gesa das Leben nicht in Ordnung findet, isst sie nicht mit Messer und Gabel, sondern nur mit der Gabel. Oder sie vergräbt die linke Hand und ihren halben Unterarm so tief in ihrer Manteltasche, dass sie momentweise aussieht wie eine Einarmige. Das Reiben der Augenbrauen in der Gegenrichtung kenne ich noch nicht. Prompt packt mich meine alte Furcht, plötzlich verstoßen zu werden. Die Furcht wächst schnell, geheimnisvoll und bösartig. Wenn nichts geschieht, flüstere ich in fünf Minuten zu mir selber: Du bist verloren. Gesa betrachtet ihre Finger. Wenn ich verstoßen werde, werde ich allein bleiben. Gesa steigt auf der anderen Seite aus dem Bett und geht an das Waschbecken. Als sie den Wasserhahn aufdreht, sich niederbeugt und wäscht, verflüchtigt sich meine Furcht. Ich schaue auf Gesas gebückten Rücken und auf ihre schönen weichen Brüste und denke: Sie wäscht sich, sie denkt nicht daran, dich zu verstoßen. Ich drehe mich um und lege mich auf das Bett und sehe Gesa zu.

Das Hotelpersonal achtet darauf, dass es nicht unnötig sichtbar wird. Es sind ausschließlich Afrikanerinnen. Wenn sie sprechen, dann leise und unter sich. Es ist, als hätte ihnen jemand gesagt: Zeigt nicht eure Melancholie, sie wird hier als unpassend empfunden. Vermutlich sind sie auch mit den Dienstkutten einverstanden, die sie jeden Tag tragen. Mit der Hotelkleidung tilgen sie ihr früheres Leben. Fast jeden Tag versuchen Gesa und ich, das Schweigen der schwarzen Frauen zu deuten. Es ist, als müssten die frischen Dienstkutten einen einzigen langen Satz aussprechen, den zu sagen die Frauen inzwischen zu müde geworden sind: Bitte nie wieder Hunger, Elend, Vertreibung, bitte keine neuen Umstände, kein Warten, keine Behörden, ein litaneiartiger Satz, den niemand mehr aussprechen mag und der sich deshalb in ein großes Schweigen verwandelt hat. Die Schwarze, die uns morgens den Kaffee an den Tisch bringt, ist eine halbe Ausnahme. Auch sie sagt kein Wort. Reglos stellt sie die beiden großen Tassen und ein Körbchen mit Croissants auf den Tisch. Dann dreht sie sich um und verschwindet in den Fluren und Kammern. Sie verschwindet nicht, sie schlurft. Sie trägt keine festen Schuhe wie die anderen, sie trägt Sandalen, deren flache Absätze sie über den Boden schleifen lässt. Das Schlurfen erinnert alle Welt daran, dass nichts wirklich geordnet, sondern alles nur geregelt ist. Sofort ist unser Gespräch gedämpft. Ist das Schlurfen eine versteckte politische Aktion, ein widerständiges Schleifen sozusagen, oder nur ein trauriger Reflex, der sich ungeplant an die Stelle des Lebensausdrucks selbst geschoben hat? Gesa sagt: Du politisierst das Schlurfen, weil es dich an deine eigene Freiheit erinnert; deine Freiheit bringt ein Schuldgefühl hervor, das du wiederum mit politischen Reflexionen kompensierst. Du argumentierst, antworte ich, als sei Schuld ein unnützes Abfallprodukt. Genau, sagt Gesa, Schuld ist eine monströse private Gefühlsausscheidung, die niemand nützt. Das stimmt, antworte ich, aber es stimmt nur zur Hälfte; Schuld hat nicht nur eine private Seite, sondern auch eine politische. Was meinst du damit, fragt Gesa. Die politische Seite der Schuld setzt uns instand, sage ich, dass wir uns im Augenblick, wenn wir etwas gewinnen, trotzdem noch vorstellen können, wie es wäre, wenn uns statt des Gewinns ein Verlust zufiele. Das Politische an der Schuld zwingt uns also, uns das Gegenteil unseres Vorteils auszudenken. Ohne Schuld könnten wir uns in niemanden einfühlen. Wenn du willst, sage ich weiter, ist Schuld die Bedingung des Erbarmens. Deswegen hassen so viele die Schuldgefühle in sich: Sie wollen nicht gezwungen sein, sich so viel vorzustellen. Das heißt, sagt Gesa, sie hassen ihre Phantasie. Ja, sage ich. Gesa ist verblüfft, weil sie plötzlich meiner Meinung ist. Wir lachen über diese Wendung des Gesprächs; genau in diesem Augenblick erscheint die schlurfende Schwarze und räumt das Geschirr der Gäste, die bereits gegangen sind, ab. Es ist unangenehm, wir müssen und wollen lachen über den Verlauf unseres Gesprächs, aber wir wollen nicht, dass die Schwarze glaubt, in unserem Lachen stecke eine Belustigung über sie; es ist genau umgekehrt: Unser Lachen ist die letzte Stufe einer Einfühlung in ihre Lage, und zugleich ahnen wir, auch wir könnten das nicht glauben, wenn uns das einer erzählte.

Um die Mittagszeit kehre ich ins Hotel zurück und lege mich hin. Gesa ist in der Stadt; sie will Frauen fotografieren, die gerade eine Pfütze überqueren. Vom Bett aus betrachte ich das schwere, ein wenig von der Wand abstehende Waschbecken. Irgendwo singt eine Frau. Weiter entfernt schlägt jemand einen Meißel gegen eine Wand. Wenn ich mich anstrenge, rieche ich den Mörtelgeruch, der manchmal durch das Hotel zieht. Drei Stunden gehen vorüber, ich höre und sehe kein Detail, das den Tag kennzeichnet. Einmal gehe ich an das Fenster und schaue auf die Straße hinunter, aber ich sehe nur eine Frau, die einen kleinen Hund bürstet. Am Frühabend verlasse ich das Zimmer und streune in der Umgebung umher. Ein wenig drohend schaue ich in die Straßen und Schaufenster und denke hoffend: Ich muss jetzt *das* Bild sehen, das diesen Tag auszeichnet. In der Rue de Dunkerque sehe ich es wirklich. Es sind zwei Dutzend kinderfaustgroße Haarbüschel auf dem Boden eines Herren-Friseursalons. Ich bleibe vor dem Schaufenster stehen und starre auf die dunklen Knäuel. Zum Glück fällt mir nicht ein, wie ich das Bild auslegen soll. Ich gehe weiter und denke nur ein paar Mal den Namen des Bildes: Haarbüschel, Haarbüschel, Haarbüschel.

Seit Stunden regnet es.

Am Nachmittag entdeckt Gesa eine geöffnete und warme Kirche. Oben, auf der Empore, sehen wir den Rücken eines Orgelspielers, der sich nicht um uns kümmert. Wir setzen uns in eine der vorderen Reihen. Die Notenblätter werden von zwei kleinen Scheinwerfern angestrahlt. An den hohen Glasfenstern rinnt der Regen herab. Niemand außer uns und dem Orgelspieler ist hier. Gesa legt ihre Handschuhe ab und betrachtet ihre geröteten Hände. An der wuchtigen, immer wieder vor- und zurückspringenden Tonmasse erkennen wir, dass es ein Stück von Bach sein muss, das den Raum füllt, eine Partita oder eine Toccata. Ich erinnere mich an einen Kindertraum. Mit fünfzehn hatte ich Musiker oder Sänger werden wollen. Ich wollte vor ein Publikum treten und glücklich sein, indem ich fehlerlos Musik machte oder sang. Auch das Publikum sollte durch meine Makellosigkeit glücklich sein. Fast drei Jahre lang war ich beherrscht von der Idee, nur durch die Reinheit einer solistischen Leistung selig werden zu können. Hier, in der Kirche, bin ich plötzlich froh, dass ich diesem Wahn niemals gefolgt bin, obwohl ich nicht weiß, was mich von ihm entfernt hat. Der Traum von der Fehlerlosigkeit war der als Glücksvorstellung getarnte Wunsch nach Unglück. Gesa versucht, mit Bewegungen des Kopfes die Bewegungen der Musik mitzumachen oder nachzuahmen. Das Geräusch des herabrieselnden Regens stört nicht. Der Regen ist in die Musik eingewoben. Nach einer knappen Stunde gehen wir. Draußen klingt die Musik eine Weile in uns nach. Jetzt hören wir den Regen wieder als Regen und doch nicht allein als Regen. Er ist jetzt der sanfteste Ton der Orgel geworden. Der Regen besteht aus einer Serie von Tönen, die niemand schreiben kann, weil sie auf keinem Instrument hervorzubringen sind. Es ist, als tönte eine ungeschriebene Toccata vom Himmel herunter. Noch einmal spüre ich das Glück, dem kindischen Zwang von einst entkommen zu sein. Ich hätte werden müssen wie ein Regen: unglücklich in eine unmögliche Leistung vertieft.

Wir trennen uns morgens nach dem Frühstück, jeder geht seiner Wege, und am Nachmittag, zwischen vier und sechs Uhr, suchen wir uns gegenseitig im *Flore,* im *Deux Magots* oder im *Bonaparte.* Es ist ein leichtes Spiel, die Cafés liegen nah beieinander. Meistens bin ich früher da als Gesa. Ich mag es, wenn nach langem Umhergehen und Umherschauen in mir das Gefühl einer starken Bedürftigkeit entsteht, die nur beendet werden kann, indem Gesa an den Tisch herantritt, an dem ich sitze. Gesa weiß nicht, dass sich in mir den Tag über eine Sehnsucht herangebildet hat, mit der ich nicht leben will. Ich möchte dann einen fremden Menschen am Ärmel fassen und zu ihm sagen: Hören Sie, so kann es nicht weitergehen. Auch sie wartet gerne auf mich, sagt sie. Sie möchte, dass sich plötzlich jemand neben sie setzt, der nur ihr allein vertraut ist. Es macht ihr Vergnügen, sagt sie, dass in diesem Augenblick, wenn ich mich zu ihr setze, die Phantasien der Cafébesucher, die sich bis dahin nur mit ihr beschäftigt haben, eine andere Form annehmen müssen, und dass sie das bemerkt. Vorher bin ich jemand, sagt sie, der nur herumsitzt, aber wenn du auftauchst, bin ich eine Frau, die schon gesucht war. Mich erstaunt, dass Gesas Warten auf die anderen bezogen ist. Wenn ich warte, ist es mir gleichgültig, ob die anderen bemerken, wem es gilt und wann es beendet ist. Wir sprechen nicht über die Verschiedenartigkeit unseres Wartens. Es gibt ein Unerkanntsein, das uns selber gilt. Mir kommt es so vor, als seien wir als Liebespaar mehr wert, wenn wir nicht alles aufklären. Aber vielleicht ist dieser Gedanke nur eine nachträgliche Gutheißung von Unvermögen. Wir sprechen nicht darüber.

Den Wochen vor ihrem Tod ging eine große Unordnung voraus. Die Mutter hörte auf, ihre Wohnung aufzuräumen. Das Brot lag neben der Schere, die Teekanne auf dem Wäschestapel, die Handschuhe lagen neben der Brille, die Zeitung in der Badewanne. Ich musste verstehen, dass die Unordnung ihre Art war, den herannahenden Tod zu ertragen. Seither gibt es manchen Tag, an dem mir das Durcheinander in unserem Hotelzimmer zu viel wird. Ich habe nichts gegen Bücher, die aufgeschlagen auf dem Boden liegen, ich habe nichts gegen Gesas angebissenen Apfel auf der Anrichte und nichts gegen ihre Strumpfhosen, die wie zerstörte Spinnennetze über dem Stuhl hängen. Aber dann kommt die Stunde, in der ich sicher bin, dass das Sterben nichts anderes ist als die Preisgabe selbst erfundener Ordnungen. Dann muss ich die Bücher vom Boden aufheben, den Apfel verstauen und die Strumpfhosen zusammenrollen. Gesa sieht mir zu und sagt: Du machst deine Mutter wieder lebendig, nicht? Sie müsste das nicht sagen; sie sagt es nur, damit ich weiß, dass ich mich nicht schämen muss. Ich schweige und stehe in einem tadellos aufgeräumten Zimmer herum.

Ich schaue zwei Männern zu, die Kohlensäcke von einer Lkw-Pritsche in den Flur eines alten Hauses schleppen. Über ihren Köpfen tragen sie Schutzhauben, die den Kohlenstaub von ihren Haaren fern halten. Ich beneide die Männer, weil sie sich mit rußigen Händen über die Gesichter wischen dürfen. Ein Junge fährt auf einem reifenlosen Fahrrad vorüber; er bremst plötzlich scharf ab und schaut staunend auf die Bremsritze, die die blecherne Felge auf dem Beton gezogen hat. Eine alte Frau tritt aus dem Hauseingang, in den die Männer die Kohlensäcke hineingetragen haben; sie hat einen Handbesen und eine blecherne Schaufel bei sich und beginnt, den Kohlenstaub auf dem Gehweg zusammenzukehren. Die Kohlenträger ziehen die Schutzhauben von den Köpfen, trinken einen Schluck Wasser und fahren ab. Erst jetzt bemerke ich, dass die Frau den Kohlenstaub so zusammenkehren will, dass er während des Kehrens nicht aufwirbelt. Ihre Absicht gelingt, weil sie sehr langsam kehrt. Ich beobachte sie und bin ein wenig eifersüchtig auf meine Entdeckung; besorgt schaue ich umher, ob es außer mir jemanden gibt, der die außerordentliche Diskretion der Frau bemerkt. Die Sorge ist wie immer grundlos; es gibt niemanden weit und breit, der die Frau beachtet.

Es ist später Nachmittag, Gesa liegt erschöpft auf dem Bett und schläft. Sie liegt auf dem Bauch, das Gesicht ist zur Seite gedreht, die Arme sind ausgestreckt. Wir sind durch das Plaisance-Viertel gelaufen; auch ich bin müde, aber ich kann nicht schlafen, ich kann mich nicht einmal hinlegen, ich muss die liegende Gesa anschauen. Wieder fällt mir auf, dass sie ungefähr die gleichen Hüften und den gleichen Oberkörper hat wie meine Mutter. Als ich Kind war, habe ich nicht bemerkt, dass meine Mutter immer älter wurde. Wahrscheinlich fürchte ich nur, dass sich die liegende Geliebte plötzlich in eine alte Frau verwandelt. Deswegen muss ich manchmal an ihrem Bett wachen, obwohl ich selbst schlafen möchte. Gesas Augen sind nicht ganz geschlossen; zwischen den Wimpernsäumen steht ein schimmernder Feuchtigkeitsfilm. Ich sehe, dass die Pupillen nach oben abdrehen, und das ist das Zeichen, dass Gesa fest schläft. Jetzt kann ich im Zimmer umhergehen, als wäre ich allein. Über einem Stuhl hängt meine Jacke. Der tagelange Regen hat den Sahnefleck auf dem Ärmel herausgewaschen. Die Augenblicke seines Verschwindens habe ich nicht bemerkt! Seit Tagen habe ich ein kleines Loch im linken Strumpf. Ich suche Gesas Reisenähetui. Sonst liegt es in ihrem Koffer obenauf, aber heute scheint es versteckt zu sein. Während ich im Halbdunkel das Etui suche, fällt mir das Bild jener Reißverschlüsse ein, die ich heute im Schaufenster eines kleinen Altwarengeschäftes gesehen habe. Es waren mehrere Bündel Reißverschlüsse, die mit Gummibändern zusammengehalten wurden. Ich blieb eine Weile vor dem Schaufenster stehen und staunte über das Bild. Immer wieder schaue ich zu Gesa hin. Wenn ich eine Weile nichts von ihr höre, glaube ich von

Zeit zu Zeit, dass sie sich heimlich entfernt. Aber sie schläft nur. Ich betrachte sie vom Bettende her; mir fällt ein, dass Gesas Schamhaare, die ich im Augenblick nicht sehe, wie die Krampen eines Reißverschlusses von beiden Seiten zusammenlaufen und in der Mitte aufeinander treffen; dort bilden sie eine verdunkelte Linie, die die Öffnung verdeckt und zugleich die Stelle angibt, wo sich diese befindet. So habe ich es gerne: Ein Bild erfindet ohne mein Zutun ein neues. Ich gehe zum Fenster und betrachte eine Laterne, die zwischen zwei Bäumen steht; ihr Licht strahlt nur je eine Seite der Bäume an. Da erwacht Gesa; ich bin erleichtert. Sie stöhnt und dreht den Kopf zu mir und fragt: Was möchtest du? Die Frage überrascht mich; sehe ich hilfsbedürftig aus? Ich möchte, sage ich, dass wir morgen oder übermorgen nach Amsterdam fahren. Gesa steht auf und kommt in Strümpfen zu mir. Sie steckt meinen Kopf unter ihren Pullover und drückt mein Gesicht gegen ihre schlafwarmen Brüste. Die Dunkelheit unter Gesas Pullover ist die einzige, die ich gut ertrage. Ich warte, dass Gesa etwas sagt, aber sie sagt nichts.

Unser Pariser Spiel hat sich verformt; wir suchen uns jetzt in weiter entfernt liegenden Cafés, im *Dôme* oder im *Select* am Boulevard Montparnasse, auch in solchen, die schäbig oder fast heruntergekommen sind, im *Horizon* oder im *Colombier* in der Rue de Rennes. Ich habe herausgefunden, dass Gesa teure Cafés nur dann aufsucht, wenn sie sich selbst nicht gut fühlt und geborgten Glanz braucht. In den eher mittelmäßigen Lokalen sitzt sie, wenn sie den Tag ohne Zerwürfnis mit sich selbst hinter sich gebracht hat; dann macht ihr das geflickte Plastikpolster in einer Eckbank nichts aus, sie stört sich nicht an den Kippen und Abfällen, die auf dem Boden liegen, und sie tippt mit dem Zeigefinger den Takt einer widerwärtigen Musik mit, die sonst ausreicht, ihr das Gefühl der Weltunbewohnbarkeit zu geben. Und sie übersieht die Frechheit der jungen Kellner, weil sie ahnt, dass diese selbst nicht recht verstehen, warum sie in diesem Lokal gelandet sind. In vornehmen Cafés ist Gesa leise und bewegungsarm, wortkarg, angespannt, ungeduldig. Sie braucht den leeren Platz zwischen den Stühlen, weil ihr alles Leben zu nahe geht, sie braucht den Schimmer der Messingeinfassungen an den Tischen, sie braucht den Anblick eines jungen Mädchens, das liest, und sie braucht die Servilität der alten Ober, die jeden Tag neu daran scheitern, der Bedienung von Menschen durch Menschen das unterwürfige Moment zu nehmen. Zum dritten Mal bin ich es, der Gesa sucht, ausgerechnet ich, der jeden Tag von Gesa wieder gefunden werden will. Ich strenge mich an, es neuartig und aufschlussreich zu finden, Gesa wieder suchen zu müssen, und spüre doch, dass ich nur erschrocken bin. Denn ich habe, während ich von Café zu Café eile, immer nur eine Befürchtung: Heute werde ich sie nicht finden. Die nächste Bedrohung denkt sich wie von selbst dazu: Gesa will mir entkommen. Im *Mandarin* ist sie auch nicht; ich gehe die Rue de Rennes hinunter, um im *Cosmos* nach ihr zu schauen. Das Gefühl, Gesa zu verlieren, ist wenigstens ein Dutzend Mal durch mein Bewusstsein gewandert, aber es gelingt mir nicht, nicht mehr darüber zu erschrecken. Unsere Spielregeln, über die wir nie genau gesprochen haben, erlauben es, auch in einem fremden Café zu warten; es muss aber in unmittelbarer Nähe eines uns bis dahin gemeinsam bekannten Cafés liegen. Die einzige Beruhigung, die ich im Augenblick zustande bringe, liegt darin, dass ich es noch weniger ertrüge, wenn Gesa nach mir suchen müsste. Immerhin wäre ich dann sicher, dass wir uns wieder finden. Das kann nur heißen, dass ich es nicht wage, wirklich verloren zu gehen; ich will zwischendurch nur abwesend sein. In den Türen des Kaufhauses Tati stehen Angestellte in Zivil, die jedem, der das Kaufhaus verlässt, in die Tasche oder in die Plastiktüte schauen. Die Kunden haben Verständnis für das Misstrauen und öffnen bereitwillig ihre Tragebehältnisse. Ich sehe das erste Mal, dass Menschen sich öffentlich über das Unvertrauen, das ihnen entgegengebracht wird, ohne Aufhebens einig sind. An der freudigen Art, mit der sie sich kontrollieren lassen, sehe ich, dass die Überwachung selbst wieder neues Vertrauen hervorbringt. Ich möchte diese neue Beruhigungstechnik gerne eine Weile beobachten, aber ich muss Gesa suchen. Ich biege nach links in den Boulevard Montparnasse ein; im Schaufenster eines Restaurants sehe ich ein großes Aquarium mit Hummern, Krebsen und Langusten. Die Fühler, Beine und Scheren der Tiere stecken so dicht ineinander, dass ihnen auch kleine Bewegungen kaum mehr möglich sind. Eine Languste ist in einen künstlichen Schacht zwischen der Scheibe und einen Felsen hineingerutscht. Nur noch der Saum kleiner Fühler, die um sein Maul herumstehen, ist unablässig in Bewegung. Das Bild erinnert mich an die Lage, die ich in einem in großen Abständen wiederkehrenden Traum einnehme. Ein schwerer Gegenstand, eine Eisenplatte oder ein flacher Felsbrocken, liegt mir auf der Brust. Noch kann ich mich bewegen, aber nicht mehr lange. Es kommt mir so vor, als würde die Eisenplatte oder der Felsbrocken langsam auf mich zurücken. In einer Stunde werde ich, wenn mich niemand rettet, zu Tode gedrückt sein. Ich werde nicht gerettet, ich wache vorher auf und erfahre nie, wie es wäre, wenn ich meinen Tod träumte. Aber so weit geht kein Traum. Die schwarzen Kugelaugen der Languste sehen mich an. Es ist, als wüsste das Tier, dass ich nicht jemand bin, der sich in das Restaurant setzt und eine Languste bestellt. Insofern könnte ich jemand sein, der für die Rettung des Tieres in Frage kommt. Mit dieser unglaublichen Idee in den Augen schaut mich die Languste an. Aber ich bin nur der Einzige, der das Tier bedauert. Und noch nicht einmal das; mein Bedauern ist im Augenblick nur kurz damit einverstanden, dass es nicht mir selber gilt. Da umarmt mich Gesa von hinten; es gelingt ihr ganz leicht, mich von dem Schaufenster wegzuziehen. Es ist, als wüsste die Languste, dass sie meinen Traum zu Ende träumen muss. Für einen Augenblick unterbricht das Tier die Dauerbewegung seiner Fühler; das muss das Entsetzen gewesen sein. Gesa erzählt von einem Papiergeschäft auf dem Boulevard Raspail. Wir gehen die Rue de Rennes zurück und setzen uns ins *Bonaparte*. Gesa zeigt mir, was sie gekauft hat, einen Satz Buntstifte und Zeichenkarton. Es ist gute und schöne Ware, ich werde das Papiergeschäft auch aufsuchen. Es hat drei Stockwerke, sagt Gesa, es ist das größte, das ich je gesehen habe. Ein Kellner tritt vor die Tür des Lokals und erschreckt mit einem Schlag gegen sein Silbertablett die Tauben auf dem Vorplatz. Die Vögel fliegen auf und verschwinden. Gesa packt ihre Buntstifte aus; auf dem Rand einer Zeitungsseite macht sie Probierstriche. Ich bemerke, dass Männer ihre Mützen auf einem Stuhl neben sich liegen haben. Frauen platzieren ihre Hüte auf dem Tisch, an dem sie sitzen. An der vollkommenen Arglosigkeit dieser Beobachtung spüre ich, dass sich alle Schrecken gelegt haben.

Lange kann es nicht mehr dauern, dann schiebt sich das erste Dunkel über die Dächer. Gestern um diese Zeit war schon fast Nacht. Wir liegen im Bett und warten auf den Einfall der Dämmerung. Gesa hat die dünnen Gardinen zurückgeschoben, damit das Nachtblau leichter in das Zimmer eindringen kann. Ich schaue von den Koffern hoch zum Waschbecken, vom Waschbecken weiter zum Tisch und vom Tisch hinüber zu unseren Mänteln und Jacken, die an der Tür hängen. Einmal möchte ich das Dunkel dabei beobachten, wenn es die Gegenstände umfängt. Im Augenblick ist es noch fast taghell. Klarer als sonst sehe ich die Vase auf dem Tisch, daneben Gesas Schreibutensilien, den Fotoapparat und unterhalb des Waschbeckens die Schuhe. Gesa liebt es, ihre Schuhe nebeneinander auf den Boden zu stellen und sie von Zeit zu Zeit anzuschauen. Manchmal nimmt sie einen Schuh in die Hände, hebt ihn in die Höhe, schaut seine Sohle an und stellt ihn auf den Boden zurück. Gesas Schuhmacher in Frankfurt verkauft einmal im Jahr von ihm reparierte, von ihren Besitzern aber nicht mehr abgeholte Schuhe für zehn Mark das Paar. Er stellt die gebrauchten Schuhe nebeneinander in sein Schaufenster; aber niemand schaut gebrauchte Schuhe an, niemand kauft gebrauchte Schuhe. Gesa bleibt vor dem Schaufenster stehen und schimpft mit den Menschen, die ihre Schuhe vergessen. Gesa schätzt die von ihr eingelaufenen Schuhe, sie liebt überhaupt alles, was durch seinen Gebrauch eine Lebensvergehenserfahrung ausdrückt. Da ist es wieder zu spät: ein erster Abendschatten ist im Zimmer! Ich habe den Augenblick der beginnenden Eindunkelung wieder verpasst. Dafür strenge ich mich jetzt besonders an, die fortschreitende Dämmerung zu beobachten. Schon erzeugt das unablässige Sehen ein Brennen in den Augen. Gesa sagt, sie kommt sich vor wie auf einem Schiff, das aus einem hell erleuchteten Hafen auf das offene Meer hinausfährt. Nach einer halben Stunde verlieren die ersten Gegenstände ihre Konturen. Ich kann nicht mehr erkennen, dass das beige Viereck über dem Stuhl Gesas Bluse ist; ich muss mich erinnern, dass ich es weiß. Ich denke nicht an ein Schiff, ich denke an ein nicht zu vollendendes Bild. Aus Nebenzimmern hören wir Geräusche; mal ist es ein Kratzen, mal ein Schaben, mal ein Bollern. Nach einer Dreiviertelstunde ist die Dämmerung so dicht, dass man sie eine Finsternis nennen muss. Die Konturen aller Gegenstände ebnen sich in ein gleichmäßiges Abenddunkel ein. Auch Gesa, die ruhig neben mir liegt und umherschaut, taucht in die Schwärze ein. Aus ihren Brüsten werden helle Flecken, die ich später berühren werde. Dem Spiegel und dem halb vollen Weinglas verhilft das Dunkel zu einem stumpfen Glanz. Es entsteht die Täuschung, dass es im Zimmer dunkler ist als draußen. Das Taubenblau der Zinkdächer ist noch klar auszumachen. Das Weiß des Türrahmens reflektiert. Die helle Papierlampe verflüchtigt sich zu einem Punkt im Raum. Alles andere tritt zurück und wird zu einem Dickicht. Gleich kommt der Augenblick, der mich selber täuscht. Dann werde ich ein Kind und vermische wie früher die Dunkelheit des Zimmers mit der Todesfurcht in mir und klammere mich für eine Weile fester an das Bett. Das ist ein altes Angstspiel, das leicht kommt und leicht verschwindet. Ich starre ins Dunkel und erkenne wie immer ein paar Schmetterlinge, kreisende Vögel, viele rote Punkte und eine Menge kleiner Flammen, die hinter mir her sind. Es fällt mir ein alter Mann in einem viel zu großen Anzug ein, den ich heute in der Avenue Trudaine gesehen habe. Ein alter Mann in einem zu großen Anzug ist das Allertraurigste, was es nachmittags in Paris zu sehen gibt. Er sah aus wie ein Clown, der nicht weiß, dass er einer ist. Er ging stark gebückt; deswegen hing sein Sakko vorne wie ein langer Lappen an ihm herunter. Es war klar, dass der Mann in diesem Anzug sterben würde. Der Anzug war Totenhemd, Totenanzug und Totenmantel in einem. Jetzt, im Dunkeln, fällt mir ein, dass ich über den Mann gelacht habe. Ich wollte Gesas Busen viel später berühren, aber ich spüre, dass ich es gleich tun werde. Es genügt, dass ich mich ein wenig zu ihr hindrehe. Eine halbe Minute lang erfahre ich alles, was gerade geschieht, als bereits lange zurückliegend und für immer verloren. Gesa drückt mich an sich. Es ist schön und schwerwiegend. Ich liege mit geschlossenen Augen an ihren Brüsten, die Todeseinschüchterung weicht von mir. Nach einer halben Stunde hebe ich das Gesicht und sehe, dass draußen die Nachtlichter brennen; ihr Widerschein hellt unser Zimmer auf. Ich will heute nicht mehr auf die Straße, ich will keine fremden Leiber, keine Ellbogen und keine fremden Gebisse mehr um mich haben. Ich möchte viel sprechen wie jemand, dem plötzlich der Sinn von Dankbarkeit aufgeht; gleichzeitig ist ein selbst erschaffenes Erbarmen im Zimmer, das mir jedes Wort erspart.

IV

In der Gare du Nord gehen wir hinter drei lachenden Japanern her. Der Zug nach Amsterdam steht schon auf dem Gleis. Die Japaner sind kastenförmige, muskulöse Männer mit schwarzem strähnigem Haar. Sie schauen sich die Waren an, die sie in Paris gekauft haben, besonders drei vakuumverpackte Schinkenstücke, runde schwere Bollen, die sie staunend und anerkennend in die Höhe werfen, sie kneten sie, riechen an ihnen und lachen über sie, vielleicht wissen sie nicht, was sie gekauft haben. Die Reisenden sind entweder einheimische Berufstätige ohne Gepäck, die nur ein oder zwei Stationen fahren werden, oder Ausländer wie wir, die nach Brüssel oder Amsterdam wollen. Zwischen Lok und Speisewagen, ziemlich weit vorne, finden wir ein Abteil für uns. Wir verstauen unser Gepäck und gehen in den Speisewagen, in dem sich nur ein einzelner älterer Herr aufhält. Eine Bedienung sagt uns, dass der Speisewagen noch geschlossen ist, aber sie bringt uns trotzdem zwei Milchkaffee. In etwas mehr als sechs Stunden werden wir in Amsterdam sein. Wir schauen aus dem Fenster und klassifizieren die Reisenden. Gesa beschreibt den Typ der allein reisenden, nicht mehr jungen Frau. Sie sind oft nicht schön, diese Frauen, sagt Gesa, sondern eigentümlich. Sie sind warm gekleidet, sie tragen Wollstrümpfe und brauchbare Schuhe, in denen sie bequem gehen können. Schon auf den ersten Blick ist klar, dass ihnen die Weiblichkeit nicht zum lebensverhindernden Programm werden wird. Die Haare sind zu einem Knoten zusammengelegt oder kurz geschnitten. Der Rucksack ist das einzige Gepäckstück. Sie wollen nicht viel Aufhebens machen mit ihrer Körperlichkeit. Nicht einmal in Situationen, in denen man ihnen helfen möchte, erwecken sie den Eindruck der Hilfsbedürftigkeit. Es ist, als wüssten sie, dass sie nicht nur im Augenblick, sondern immer allein sein werden. Deswegen können sie sich auf die Anschauung der Welt konzentrieren, für die die anderen Frauen, die bloß schönen, nie Zeit und nie Gelegenheit haben, weil sie ihr Leben lang mit den Folgen ihrer Schönheit beschäftigt sind. Ein junges Mädchen mit Earphones tritt an ein Fenster des Speisewagens heran und nimmt Kontakt auf mit dem allein sitzenden Herrn. Es handelt sich um einen Abschied, der ungeschickt ausfällt, weil sich das Fenster des Speisewagens nicht öffnen lässt. Das Mädchen streckt und dehnt sich, es gestikuliert und hüpft in die Höhe. Dabei löst sich der am Gürtel befestigte Batteriekasten und fällt in den Schacht zwischen Eisenbahnwaggon und Bahnsteig. Das Mädchen ist entsetzt, es bückt sich und steht schnell wieder auf, es erkennt, dass es den Batteriekasten so schnell nicht oder überhaupt nicht wieder zurückerhalten wird. Es beginnt zu weinen. Der Herr erhebt sich mitfühlend, als er die Tränen sieht. Da setzt sich der Zug in Bewegung. Die beiden heben den Blick und sind perplex, weil sie den Ausdruck ihres Schmerzes nicht ihrer Trennung, sondern dem Verlust einer Batterie verdanken, sie spüren die Verschiebung, die nicht mehr ausgedrückt werden kann, weil der Zug wirklich und endgültig aus der Halle der Gare du Nord hinausfährt. Wir selber, Gesa und ich, sind verblüfft von den Augenblicken des Losfahrens; unsere Körper glauben drei Sekunden lang, dass sich nicht der Zug bewegt, sondern der Tisch mit uns beiden. Es ist wie ein Witz für den Körper; wir müssen lachen und fassen den Tisch an, damit wir besser durch die Lüfte kommen. Die Tassen scheppern und der Waggon schwankt; dann ist der Körperwitz zu Ende erzählt. Der Zug fährt aus Paris hinaus, wir gehen in unser Abteil. Schon nach zwei Minuten spüre ich, wie immer kurz nach Abfahrten, das Glück der Unauffindbarkeit. Der Zug fährt in eine dunkelgraue Regenlandschaft hinein. Auf einem kleinen Friedhof sehen wir eine Frau, die mit gefalteten Händen vor einem Grab steht. Ich warte darauf, dass sie den Blick hebt, wenn so viele Lebende an ihr vorüberfahren, aber sie schaut nicht auf. Wenn der Zug in Bahnhöfen hält, beobachtet Gesa, welche Reisenden abgeholt werden und welche nicht und ob sich die Abgeholten freuen oder ob sie es nur erdulden, abgeholt zu werden. Der Fahrtwind drückt einzelne Regentropfen über die ganze Breite der Fensterscheibe. Links und rechts eingenässte Landschaft, stundenlang. Es ist, als ob die ganze Welt schliefe. Lesend und schauend fahren wir nach Holland. Zweimal habe ich in Paris versucht, auf der Straße zu lesen, beide Male ist es mir misslungen. Jetzt sehe ich Gesas Hände auf den Seiten eines Buches liegen und verstehe das Misslingen: Ich hatte mein Buch mit Handschuhen gehalten und nicht bemerkt, dass zum Lesen das Anfassen der Buchseiten mit bloßen Fingern gehört.

Nach der Ankunft leben wir eine Stunde lang in einem traumhaften Gefühl der Zugehörigkeit. Wir sind sicher, hier endlich besser sehen, besser hören, besser verstehen und überhaupt besser leben zu können als anderswo. Vom Hauptbahnhof aus gehen wir den Damrak hoch, wir sehen in jedes Geschäft hinein, wir blicken in vorüberfahrende Autos, wir beugen uns über Kinderwagen, wir bleiben vor Zeitungskiosken stehen und schauen in die Kajüten der kleinen Schiffe, die an den Kais festgemacht sind. Gesa kauft bei einem Straßenhändler eine Zitrone, trägt sie in der Hand und schaut sie während des Gehens an. Ein älterer Mann geht vorüber; er transportiert in einem offenen Kinderwagen einen Fernsehapparat. Wie ein großes viereckiges Kind sitzt der Apparat im Kinderwagen und wird von der linken Hand des Mannes festgehalten. Ein anderer Mann steht an der Börse und isst einen Rettich. Obwohl er den Mund geschlossen hält, dringt das Kaugeräusch aus seinem Kopf heraus. Gesa bleibt lange vor dem Schaufenster eines Wäschegeschäfts stehen. Ich beobachte ein paar Spatzen, die senkrecht an der Scheibe einer Bäckerei hochfliegen wollen. Ein Wind kommt auf und kräuselt die Oberfläche der Hafengrachten. Eine Stunde lang leben wir in der Schuldlosigkeit der Ankunft. Obwohl wir alles begutachten, fragt uns niemand.

Am Leidseplein übt ein Saxophonspieler. Es ist noch zu kalt für solche Vorführungen, aber der Musiker spielt auch gegen die Kälte. Mit Beckmanns Tagebüchern gehe ich in ein Café. Es hat einen geheizten Vorbau, ein paar Leute sitzen in Mänteln an kleinen Tischen und trinken Kaffee oder Bier. Ich muss lachen über einen Polstersessel, der am linken Rand des Leidspleins steht, dicht neben einem Pissoir. Auf der Eisfläche des Platzes spielen zwei Dutzend Kinder Eishockey. Hinter den Scheiben des Cafés sehe ich ihnen zu. Nur das leise Klacken der Schläger gegen den Puck dringt manchmal in den Vorbau. Immer wieder prallen die Spieler aus vollem Lauf aufeinander, drehen sich um und spielen weiter. Nach einer halben Stunde beginnt es zu schneien. Wie vergnügte Gespenster fahren die Kinder aus dem dichten Flockenfall heraus und verschwinden wieder darin. Ich sehe den jetzt eingeschneiten Sessel und weiß plötzlich, warum ich über ihn lachen musste: Wir denken uns Möbel immer in der Umgebung von Wohnungen; wenn wir sie auf der Straße sehen, verwandeln sie sich plötzlich in Müll. Der Ober stellt einen Kaffee und einen Genever auf meinen Tisch. Ich lese einzelne Sätze aus Beckmanns Tagebüchern und schaue zwischendurch in die Gesichter der anderen Gäste. Ich habe das Gefühl, die gelesenen Sätze stehen noch in meinen Augen und könnten von den anderen Menschen wieder gelesen werden. Dabei will ich nur sagen, dass es einige Tote gibt, die uns aus ihren Gräbern heraus am Leben erhalten. Beckmanns Tagebuch ist das Dokument eines unerhörten Lebenskampfes und eines ebenso unerhörten Sieges. An nichts wollte er zugrunde gehen, nicht an der Kunst, nicht an Deutschland, nicht am Krieg, nicht an seinem Ich. Aus der Vagheit des bloßen Lebens flüchtete er täglich in die Arbeit, von der Arbeit in den Überschwang, aus dem Überschwang in den Verdruss, aus dem Verdruss in die Nichtigkeit, aus der Nichtigkeit in die Verzweiflung und aus der Verzweiflung zurück in die Arbeit. Zwischendurch hatte er komische Empfindungen, mit denen er gegen das Schwindelbild einer Künstlerpersönlichkeit kämpfte. Am 30. April 1945 notierte er: «Nichts ist lächerlicher als wenn man sich selber interessant vorkommt.» Abends, nach allen Verzweiflungen und Nichtigkeiten, schrieb er (am 2. November 1946): «Sonst nichts – kein Ruhm – kein Geld – und nur Obst.» Oder: «Man müsste eigentlich Müller heißen, dann wäre es noch angenehmer», am 10. Juni 1945. Und häufig beendete er seinen Tag mit einem kleinen, lächerlichen Gedicht: «So ging der Tag dahin – klim bim bim bim» (8. Juni 1949).

Der Wind drückt das Kleid einer Hochschwangeren so fest gegen ihren Bauch, dass ich für Augenblicke annehmen muss, das Kind sei schon einmal draußen gewesen, dann aber wieder in den Leib zurückgekehrt. Es ist die feste Kugelhaftigkeit des Bauchs, die den Eindruck eines bis in den letzten Winkel ausgenützten Platzes vermittelt: Da hat sich jemand durch Weggehen und Wiederkommen ein genaues Gefühl für Räumlichkeit erworben.

Ein Bettler stellt sich an eine Würstchenbude. Er muss warten; vor ihm sind zwei Schüler an der Reihe. Mit verfrorenen Fingern kramt er eine Menge Kleingeld aus der Tasche. Wahrscheinlich ist das die Einnahme aus den letzten drei Bettelstunden. Ich bin gerne in der Nähe von armen alten Menschen, die essen; viele von ihnen fangen an zu sprechen, wenn sie etwas zu sich nehmen. Jetzt ist der Alte an der Reihe; er hält seine offene Hand mit den Münzen darin in das Verkaufshäuschen. Der Verkäufer zählt, ehe er die Bestellung ausführt, aus der Hand des Bettlers den notwendigen Betrag ab. Nach kurzer Zeit erhält der Bettler ein mit Wurst, Zwiebeln und Salatblättern belegtes Stück Weißbrot. Bis zur Hälfte ist es mit Papier umwickelt, sodass er es gut in der Hand halten kann. Sofort beginnt er zu essen. Er stellt sich an den Rand des Vondelparks und schaut einer großen Krähe zu, die über den gefrorenen Rasen geht und Nahrung sucht. Und wirklich: Kaum hat er die ersten Bissen hinter sich, beginnt er zu sprechen. Ich gehe ein bisschen näher an ihn heran und bemerke, dass er seine Sätze nicht beendet. Er sagt ein paar Worte und beginnt dann einen neuen Satz, den er auch nicht zu Ende bringt. Meine Mutter hatte einen Ausdruck für das Reden alter Leute: Sie brockeln. Tatsächlich brockeln einzelne Worte aus seinem Mund. Er spricht mit sich selbst, mit seinem Brot, mit der Krähe und mit der ganzen Welt. Ich bin erstaunt über seine Gier, die in keinem Verhältnis zur Trägheit seiner übrigen Bewegungen steht. Er nimmt den Blick nicht von der Krähe. Der Vogel geht so bedächtig, als hätte er große Hausschuhe an. Eben sehe ich, dass der Alte auch das Papier mitisst, das um sein Brot herumgewickelt ist. Das ist der stärkste

Ausdruck von Gleichgültigkeit, den ich bisher gesehen habe. Jetzt ist auch klar, dass er der Krähe nur deshalb zuschaut, weil er irgendwo hinstarren muss. Er brockelt und isst weiter, ich bin gespalten, ich möchte weggehen und zugleich hinsehen, ich möchte das Bild ungeschehen machen und es zugleich jedermann zeigen, da erhebt sich die Krähe und fliegt aus dem Vondelpark, und weil die Krähe verschwunden ist, geht auch der Bettler; ich gehe in Richtung Stadhouderskade und schaue an den Zeitungskiosken auf die Titelseiten der Boulevardblätter, und ich erwarte, dass sie mit großen Schlagzeilen berichten: Unermessliche Gleichgültigkeit! Alter Mann isst Papier! Unglaubliche Trauer eines Bettlers!

Ein Staunen, das nicht aufhören wird: Am 19. Juli 1937 wurde in München die Ausstellung «Entartete Kunst» eröffnet, in der auch ein paar Bilder von Max Beckmann zu sehen waren. Am gleichen Tag, am 19. Juli 1937, hielt Hitler in München seine ‹Kulturrede›. Er sagte: «Mit der Eröffnung dieser Ausstellung aber hat das Ende der deutschen Kunstvernarrung und damit der Kulturvernichtung unseres Volkes begonnen. Wir werden von jetzt ab einen unerbittlichen Säuberungskrieg führen gegen die letzten Elemente unserer Kulturzersetzung.» Beckmann hörte die Hitler-Rede in Berlin am Radio. Er muss sich persönlich angesprochen gefühlt haben; andere hörten nur einen Politiker, aber er hörte, dass es Tote geben wird und dass man sofort verschwinden muss, wenn man nicht zu ihnen zählen wollte. Am gleichen Tag, immer noch am 19. Juli 1937, entschloss sich Beckmann zur Emigration. Er besorgte einen Lastwagen, belud ihn mit seinen Bildern (eine Hausbewohnerin half ihm dabei) und fuhr mit seiner Frau nach Amsterdam. Woher hat Max Beckmann gewusst, dass in der Missachtung der Kunst die Missachtung der Künstler steckt und in der Missachtung der Künstler die der ganzen Menschheit? Wie war es ihm möglich, am Tag der Bedrohung so viel Instinkt, Handlungsstärke und Mut aufzubringen und mit reißenden Schmerzen das Land zu verlassen? Ich stelle mir das nur eine halbe Minute lang vor, und es steigt in mir das Gefühl eines traumhaften Respekts hoch, das mein Körperinneres heiß werden und mich zugleich schwanken lässt.

Auf der Leidsestraat geht eine junge Frau vorüber. Auf ihrer linken Schulter haftet ein etwa zehn Zentimeter langer roter Faden. Er schimmert und glänzt auf dem schwarzen Mantel. Ich laufe der Frau nach und betrachte ihren schönen Faden. Sie geht die Leidsestraat in Richtung Rokin hinunter. Der Faden bewegt sich nicht, wenn sie geht. Vielleicht arbeitet sie in einem Dekorationsgeschäft, wo solche kordelartigen Schnüre verarbeitet werden, vielleicht in einer Schneiderei oder in der Kostümabteilung eines Theaters. Die Frau geht in kein Geschäft und bleibt vor keinem Schaufenster stehen; sie biegt nach links ab in die Kalverstraat und geht in Richtung Damplatz. Ihre Eile ist verwunderlich; geschickt weicht sie entgegenkommenden Passanten aus, damit sie ihr Tempo nicht drosseln muss. Dicht vor der Einmündung der Kalverstraat auf den Damplatz trifft sie auf einen Mann und umarmt ihn. Der Mann drückt mit den Lippen den Mantelkragen der Frau beiseite und dringt mit dem Mund tief in ihren Halsausschnitt ein. Durch den Andrang des Mannes beugt sich der Rücken der Frau ein wenig nach hinten. Während der Mann sie küsst, schaut er über den Mantelkragen der Frau und erblickt den roten Faden. Und im Augenblick, als er den Kuss beendet, ergreift er mit zwei Fingern den Faden und lässt ihn auf die Straße fallen. Jetzt gehen sie über den Damplatz; aber nach fünfzehn Metern dreht sich der Mann um und schaut zurück zu der Stelle, wo er die Frau geküsst hat. Dort stehe ich und betrachte den Faden, der, auf dem Boden liegend, seinen Schimmer bereits eingebüßt hat.

Jeden Tag sehen wir düstere Jugendliche. Sie tragen schwarze Hosen, schwarze Mäntel und schwarze Schuhe, ihre Haare stehen zu Berge und sind schwarz gefärbt, ihre Gesichter sind weiß geschminkt mit Ausnahme der Augenhöhlen, die wie schwarze Eier im Zentrum der Gesichter liegen. Es sind jugendliche Köpfe, die das Zeichen eines großen kommenden Todes in unser aller Leben tragen. Gesa vergleicht ihr Bild mit den bekannten Totengesichtern aus den zwanziger und dreißiger Jahren. Sie beschreibt die Gesichter von Greta Garbo und Marlene Dietrich, durchschlagende Todesgesichter mit weißer Haut und eingefallenen Wangen, mit tief liegenden Todesaugenhöhlen und dünnen, hoch über den Augen wegfliegenden Augenbrauen. Das hielt man damals für Schönheit und Weiblichkeit, sagt Gesa, aber in Wahrheit war es die in zwei Gesichtern versammelte Todesahnung der Zeit, die nach ein paar Jahren für alle zur Gewissheit wurde. Die Garbo und die Dietrich haben sich damals sogar die Backenzähne ziehen lassen, sagt Gesa, damit die Hohlwangigkeit und die Schattenwirkung der Gesichter besser zum Ausdruck kam. Es gibt Fotografien, auf denen das Todesschädelhafte an ihnen die einzige Mitteilung ist, sagt Gesa; aber die Leute saßen im Kino und bemerkten nichts. Die heutigen Todeszeichenträger sind jung, lustig, hässlich und kunstlos. Sie hocken an den Straßenrändern und halten Bierflaschen in der Hand, sie sind unbeholfen und bleiben unter sich. Kinostars wie einst die Garbo und die Dietrich wird niemand aus ihnen machen. Sie zeigen uns nur, sagt Gesa, wie wir aussehen werden, wenn wir überhaupt noch irgendwie aussehen.

Max Beckmann lebte in einem typischen Amsterdamer Haus am Rokin. Es steht heute noch. Die Neubauten links und rechts haben es zum kleinsten Haus der Straße werden lassen. Es ist nur drei Fenster breit und zweieinhalb Stockwerke hoch. Unten, im Erdgeschoss, befindet sich heute ein thailändisches Restaurant, in dem Gesa und ich in den nächsten Tagen ein Beckmann-Gedenkessen veranstalten wollen. Im ersten Stock liegen die Wohnräume. Der zweite Stock hat einen spitzen Giebel mit schrägen Dächern. In diesen beiden übereinander liegenden Räumen hat Max Beckmann zehn Jahre lang mit seiner Frau gelebt. Über der Eingangstür des Hauses hängt eine Gedenktafel. Wir lesen:

Hier woonde en werkte
1884   Max Beckmann   1950
1937–1947

Auf dem Klingelschild der ehemaligen Beckmann-Wohnung steht heute: Graffiti Productions. Wir wollen die Zimmer sehen, in denen die Beckmanns gelebt haben, wir klingeln. Jemand kommt die Holztreppe herunter und öffnet die Tür. Die Treppe endet, wie in den meisten städtischen Häusern, direkt hinter der Tür. Ein junger Mann öffnet. What can I do for you? Wir sagen, was wir wollen, der junge Mann bittet uns, ihm zu folgen. Wir steigen hinter ihm die Treppe in das erste Stockwerk hoch. Es ist der Raum mit den drei schmalen Fenstern. Drei junge, modisch gekleidete Leute sitzen an niedrigen schwarzen Schreibtischen und tüfteln. Wir erfahren, dass Graffiti Productions Werbefilme fürs

Fernsehen herstellt. Natürlich, von Beckmanns Welt ist nichts mehr zu sehen. Jemand tröstet uns: The rooms have changed. Wir lachen, damit wir unsere Beklemmung nicht zeigen müssen. Wir sind in Max Beckmanns Wohnung, hier in diesem Zimmer hat er immer wieder fürchten müssen, doch noch von SS-Männern abgeholt und verschleppt zu werden. Wir sind ein wenig beleidigt über die nette Ahnungslosigkeit der jungen Leute, aber wir sind dankbar, dass sie uns die Räume zeigen. In eine Wand hat Beckmann, bevor er Amsterdam 1947 verließ und in die USA auswanderte, eine etwa siebzig Zentimeter hohe Gestalt eingeritzt. Es ist nicht bekannt, was aus der Wandzeichnung geworden ist; vielleicht ist sie zerstört, vielleicht ist sie nur übertüncht. Es kann sein, dass nach den Beckmanns noch nie jemand das Wandbild gesehen hat. Ich möchte es sofort suchen, aber es ist nicht möglich. Die Leute von Graffiti Productions haben alle Wände mit einer Holzdekoration verkleidet. Man müsste die Verschalungen entfernen, vielleicht die Tünche, wenn es eine gibt, vorsichtig abtragen, dann könnte die Gestalt auf der Wand wieder hervortreten. Ein junger Mann öffnet mit der Hand eine Luke in der Decke und zieht eine Schiebetreppe herunter. Sie führt hoch in den hellen Speicher, das heißt in Beckmanns ehemaliges Atelier, das heute leer steht, wie wir hören. Wir warten, dass man uns eine Besichtigung des Speichers anbietet, aber die Leute von Graffiti schweigen und setzen sich zurück an ihre Schreibtische. Wir stellen uns unter die offene Luke und können durch das Oberlichtfenster dichte weiße Wolkenballen vorüberziehen sehen. Der Himmel, der Trost, die Bedrückung und das Entzücken; der Blick aus dem Atelier in die Wolken ist plötzlich wie ein Bescheid: Es ist genug, mehr als dieser Blick ist von Beckmanns Amsterdamer Leben nicht mehr übrig.

Ich gehe die Keizersgracht entlang, ich bewundere die schmalen alten Häuser, ich sehe zwischen den Bäumen hindurch, ich blicke auf den schwermütig grünen Glanz des Kanalwassers hinunter, alles gefällt mir auf den ersten Blick, und doch sehe ich durch alles hindurch und will nach Hause. Zum ersten Mal seit unserer Abfahrt spüre ich Heimweh; es sagt leider nicht genau, was es vermisst. Unter allen ungenauen Schmerzen ist Heimweh der ungenaueste. Trotzdem lasse ich mich von diesem Schmerz zu einem Kiosk ziehen und kaufe eine deutsche Zeitung. Ich werde mich in ein Café setzen und die Zeitung von vorn bis hinten lesen, jedes deutsche Wort will ich in mich aufnehmen, das wird für diese Stunde die richtige Antwort sein. Zum Glück oder Unglück fällt mein erster Blick auf die letzte Seite der Zeitung. Dort sind alle Fernsehprogramme veröffentlicht, die am Vormittag, am Nachmittag, am Abend und in der Nacht über Deutschland hereinbrechen werden. Bis zu den Rändern hin ist die Seite angefüllt mit klein gedruckten Anfangszeiten und Filmtiteln. Augenblicklich verzieht sich das Heimweh. Was ist geschehen? Mein Schmerz muss mich angeschwindelt haben. Deutschland ist eine Fernsehfamilie, mit der du nicht verwandt bist, und dein Heimweh ist ein kleiner feiner Lügner, dem du nicht folgen musst. Voll wiedergewonnener Freude schaue ich dem nächstbesten Fremden in die Augen. Der Mann starrt zurück, ich glaube, er kennt mich aus früheren Jahren und wird mich gleich ansprechen. Nein, er kennt mich nicht, er ist ein Fremder, der mich nie zuvor gesehen hat. Aber warum schauen wir uns immer noch an, warum bleiben wir für Augenblicke fast stehen?

Gestern Nacht hat Gesa nicht einschlafen können. Sie saß im Bett, starrte an die Wand und schwieg. Später aß sie einen Apfel. Sie legte sich nieder, aber der Schlaf kam nicht. Mitten in der Nacht stützte sie sich auf beide Ellbogen und verlangte, dass ich ihr ein Glas Wasser an den Mund hielt. Am Morgen sammelte sie die Apfelkerne ein, die in der Nacht in ihr Bett gefallen waren, und legte sie in eine leere Streichholzschachtel. Sie zog ihre senfgelben Strümpfe an. Da wusste ich: Sie will abschreckend aussehen. Senfgelbe Strümpfe auf der Hautfarbe: Das ergibt Schlangenbeine, die niemand anschauen mag. Am Morgen gehen wir ins Rijks-Museum. Gesa trägt die Jacke, die sie ihre Lebensjacke nennt. Es ist eine dunkle, schwere Jacke zum besseren Aushalten von furchtsamen Zuständen. Wir sehen ein Bild eines flämischen Malers aus dem 17. Jahrhundert; es zeigt einen Apfel mit herausgefallenen Kernen. Gesa zieht mich auf ein Besuchersofa und sagt: Du hast heute Nacht eine Prüfung bestanden; ich hatte Todesangst, ich fühlte mich alt und hinfällig, deswegen habe ich von dir verlangt, dass du mir ein Glas Wasser an die Lippen hältst. Ich wollte sehen, wie wir beide sind, wenn wir uns bloß helfen. Und du hast das Glas Wasser gebracht und hast mich nichts gefragt. Danach habe ich einschlafen können. Ich träumte von einer Schulfreundin. Als ich elf oder zwölf war, habe ich mir von ihr zwanzig Pfennig ausgeliehen, damit ich mir Süßigkeiten kaufen konnte. Ich wollte ihr das geliehene Geld schnellstens zurückgeben, aber das war nicht möglich, weil bald die großen Ferien begannen und ich die Schulfreundin ein paar Wochen lang nicht sah. Während der Ferien litt ich darunter, dass ich Schulden hatte. Wochenlang trug ich die zwanzig Pfennig bei mir für den Fall, dass mir die Freundin überraschend begegnete. Ich traf sie aber nicht, und deswegen freute ich mich auf das Ende der Ferien, damit ich endlich mein Gewissen entlasten konnte. Aber am ersten Schultag sah ich, dass meine Freundin nicht in der Klasse erschienen war. Die Lehrerin sagte, sie sei mit ihren Eltern in eine andere Stadt gezogen und werde nicht wiederkommen. Jetzt drohte ich mit meiner Schuld endgültig allein zurückzubleiben. Und jetzt?, frage ich; trägst du die zwanzig Pfennig immer noch mit dir herum? Im Kopf schon noch, sagt Gesa, das habe ich heute Nacht im Traum bemerkt. Aber ich bin froh, dass es solche Kinderschulden gibt: Darin kann dann die Todesangst verschwinden.

Über der Kanalbrücke kreisen die Möwen. Es ist, als wüssten sie, dass Gesa gleich einen halben, für sie bestimmten Laib Brot auspacken wird. Kaum ist das Brot sichtbar geworden, stürzen die Vögel aus der Weite des Himmels herab, verharren flügelschlagend vor Gesa und schnappen die auf sie zufliegenden Brocken auf. Mit den Brotstücken im Schnabel drehen sie ab, um eine Viertelminute später zurückzukehren, wieder aus der Höhe herabstürzend. Das ist es, was Gesa von den Möwen will: einige Sekunden lang von Tieraugen angestarrt werden, die sie nie zuvor gesehen hat und die sie sofort wieder vergessen wird. Um Gesa herum tönt ein mächtiges Geschrei. In schneller Folge wirft sie Brotstücke in die Höhe. Und im Augenblick, als sie den letzten Brocken abgibt, sich dann umdreht und mich anschaut, erkenne ich ihre Sehnsucht, manchmal selber ein Tier sein zu dürfen, das sich nur durch Schauen orientiert und deshalb gezwungen ist, auch dann noch umherzublicken, wenn es nichts mehr zu sehen gibt.

Ich gehe in den kleinen Straßen des Jordaan-Viertels umher und frage mich, ob wir hier leben könnten, eines Tages und für immer, wenn wir zu Hause nicht mehr leben wollen oder dürfen; man kann nie wissen und sieht sich um. Könnten wir in diesem schmalen Haus eine Wohnung beziehen, könnten wir das Misstrauen der Einheimischen aushalten, könnten wir in diesem Ecklokal frühstücken? Könnte ich ohne Beklemmung in einer fremden holländischen Telefonzelle sprechen? Und wenn ja, wie würde ich sprechen, wenn ich sprechen könnte: Holländisch, Englisch oder Deutsch? Ich vermeide, mich selbst in einer fremden Sprache sprechen zu hören, sooft es geht. Geschieht es trotzdem, lausche ich meiner zögernden und fehlerhaften Rede und taumle in eine Panik hinein, die vielleicht die größte ist, die ich bisher kenne. Es ist, als schaute ich, wenn ich fremde Sätze ausspreche, meiner eigenen Vergewaltigung zu, die ich auch noch für gelungen halten muss, weil mir ihre Ergebnisse nützlich sind. Trotz der schönen Häuser und Grachten wird es das Gefühl des Zu-Hause-Seins dann nicht mehr geben können. Es wird genügen müssen, in ein paar Straßen unbehelligt umherzugehen zu dürfen. Schon nach ein paar Tagen habe ich, als wollte ich mit der Liebe zur Fremdheit gleich anfangen, die Bilder von bestimmten Straßen und Hausecken in mich aufgenommen. Fast jeden Tag betrachte ich das Schaufenster eines Tierpräparators; es ist voll gestellt mit staubigen Füchsen, Enten, Mardern, Igeln und Schlangen. Erst heute fällt mir auf, dass der Präparator allen Tieren den gleichen selbstzufriedenen Gesichtsausdruck verliehen hat. Es sieht aus, als seien sie froh darüber, dass sie nach ihrer endgültigen Überwältigung eine nette Totenstarre zeigen dürfen. Adrett und freundlich blicken sie zurück in die Welt der Lebenden. Ich gehe mit dem Gesicht nahe an die Schaufensterscheibe heran und versuche, das Gesicht des Tierpräparators zu sehen. Sieht er selbst aus wie ein Toter, der durch die grinsenden Tiergesichter hindurch nur um Schonung bitten will? Leider entdecke ich zwischen den Tierfiguren nicht ihren Ausstopfer. Aber eigentlich will ich ihn auch gar nicht sehen; ich wollte nur aus der großen Fremdheit ein Detail herausbrechen und, indem ich es mit einer Geschichte behafte, in etwas Vertrautes umwandeln. Ich werde morgen oder übermorgen noch einmal nach dem Präparator schauen müssen.

Heute ist unser Gedenkabend für Max Beckmann. Das thailändische Lokal ist fast leer; es zieht sich schlauchartig in die Tiefe des Raumes. Auf den kleinen Tischen weiße Decken und brennende Kerzen. Am anderen Ende des Schlauches sitzt, fast im Halbdunkel, ein älteres thailändisches Paar. Eine junge Thailänderin in weißer Bluse nähert sich uns, zwei große, in Leder gebundene Speisekarten in der Hand. Die junge Frau hat die Figur eines Kindes, ist aber sehr bestimmend. Sie will nicht warten, bis wir uns einen Tisch ausgesucht haben, sondern zeigt auf zwei Plätze in der Nähe der Tür. Ich möchte nicht an der Tür sitzen, ich möchte auch nicht, dass man mir einen Platz zuweist. Aber die junge Thailänderin hat offenkundig einen Plan über die Abfolge der Besetzung der Tische im Kopf. Es beeindruckt sie nicht, dass wir ihre Tischzuweisung nicht befolgen wollen. Wir stehen unschlüssig im Restaurant und schauen uns nach zwei Plätzen um, die uns am besten gefallen. Die Bedienung zieht nun sogar die beiden Stühle unter dem Tisch hervor, an den wir uns ihrem Plan zufolge setzen sollen. Und Gesa ist schon fast bereit, dem Druck zu folgen. Sie nähert sich dem Tisch an der Tür; die Bedienung merkt, dass Gesa williger ist als ich. Gesa öffnet ihren Mantel, zum Dank lächelt die Bedienung. Jetzt hat sie uns so weit; sie schiebt die Kerze ein wenig zur Seite und legt die Speisekarte dazu. Aber wir brauchen hier keinen Platz mehr. Ich veranlasse Gesa, ihren Mantel nicht abzulegen. Wir öffnen die Tür und verlassen dieses für einen Beckmann-Gedenkabend nicht geeignete Lokal.

Neben mir läuft ein fremder Hund her. Es ist ein schlankes Tier mit hellbraunem Fell und großen dunklen Augen. Der Hund blickt nervös an mir hoch und bewegt dabei ruckartig den Kopf. Verwechselt mich das Tier? Ich sehe in seine Augen, ich möchte erkennen, wo sich die sehenden Punkte in diesen runden braunen Kugeln befinden. Da schlägt dicht bei uns eine Autotür zu. Das Tier erschrickt und springt davon. Auch ich erschrecke, bleibe aber stehen. Ich beargwöhne den Fahrer des Autos, ich höre, dass seine eben aussteigende Frau ebenfalls die Tür zuwirft, der Schreck wiederholt sich, wenn auch schwächer. Der geflüchtete Hund bleibt in großer Entfernung stehen und schaut zurück; in einer riesig anwachsenden Missbilligung frage ich mich, warum ich nicht flüchten kann wie das Tier.

Das Mädchen ist etwa sechzehn Jahre alt, es ist dunkelblond und schmal, es trägt eine helle Hose und eine dunkle Jacke und es starrt auf den Schlitz eines Fotoautomaten, in den fertige Passbilder hineinrutschen werden. Ich stehe in einer Passage und warte mit dem Mädchen auf denselben Augenblick. Ich will es sehen, wenn es seine Bilder anschaut. Der Automat braucht lange, ich sehe mich ein wenig um und überbrücke die Wartezeit mit der Beobachtung einer Oma, die mit einem wankenden Säugling in den Händen hinter einer Fensterscheibe steht. Das Kind versucht, auf dem Fenstersims zu gehen, es schafft einen, manchmal zwei Schritte, dann torkelt es zur Seite und wird von der Oma aufgefangen. Da drückt der Automat die Fotos in den Ausgabeschlitz, die Hand des Mädchens ergreift den gewellten und feuchten Streifen, es sind vier noch nicht voneinander getrennte Aufnahmen, das Mädchen hebt sich den Streifen vor das Gesicht und lacht seine Abbildungen an. Es hält sich die Bilder nahe ans Gesicht, es liebt sie wie etwas Leibhaftiges. Da greift der Schmerz nach mir und stellt mir seine zurechtweisenden Fragen: Warum beobachtest du die ahnungslose Freude eines anderen Menschen? Bist du immer noch nicht damit ausgesöhnt, dass jeder, der lebt, nur einen einzigen Zuschauer hat, den er immer weniger schätzt: sich selbst? Jetzt wedelt das Mädchen den Fotostreifen in der Luft, damit er schneller trocknet. Mein Blick sucht die Oma und das Kind; die beiden sind noch immer hinter dem Fenster, und ich merke, dass ihr Bild mir die Ruhe schenkt, die ich brauche, um den Belehrungen des Schmerzes standzuhalten.

Ein junger Mann fährt eine gelähmte alte Frau im Rollstuhl in das Café Americain. Er schiebt sie an einen kleinen Tisch und nimmt ihr einen wollenen Umhang ab. Er zieht seinen Mantel aus, setzt sich neben die Frau und gibt bei einer Bedienung eine Bestellung auf. Der junge Mann befreit die Frau mit vorsichtigen Bewegungen von ihrem Schal; jetzt hat sie ein wenig frische Luft um den Hals herum. Er legt ihr die Handtasche so in den Schoß, dass sie mit den Händen in das Tascheninnere greifen kann. Die Kellnerin bringt zwei Tassen Kaffee und zwei Stücke Kuchen. Der Helfer holt aus seiner Tasche einen verschließbaren Plastikbecher heraus, in den er die für die Frau bestimmte Tasse Kaffee umschüttet. Mit einem festen Plastikröhrchen durchstößt er ein vorbereitetes Loch in der Mitte des Deckels. Er hält der Frau das Ende des Röhrchens zwischen die Lippen; sie saugt wie ein Kind ein wenig Kaffee aus dem Becher. Hinterher sagt sie ein paar Worte, der junge Mann nickt. Er wartet, bis der Mund der Frau zur Ruhe gekommen ist, dann beginnt er, sie mit Kuchen zu füttern. Die Stücke, die er ihr auf der Kuchengabel reicht, sind klein wie für einen Vogel. Trotzdem fällt ihr ein wenig Kuchen aus dem Mund heraus und auf ihre Bluse herunter. Der junge Mann nimmt eine Serviette und entfernt das herausgefallene Stück. Darunter wird ein Fleck sichtbar. Der Helfer nimmt ein Tuch und verschwindet für ein paar Sekunden in einer Toilette. Inzwischen sind drei essende und trinkende Kinder herangekommen und haben sich wie Zuschauer an die Seite des Rollstuhls gestellt. Sie erstaunen: Bis jetzt haben sie geglaubt, dass man nur kleine Kinder füttern müsse. Mit wässrigem Blick sieht die Frau auf die sie reglos beobachtenden

Kinder. Eines von ihnen verkleckert sein frisches T-Shirt mit Kakao. Da kommt der junge Mann zurück und beginnt, mit der angefeuchteten Serviette den Fleck aus der Bluse der Frau herauszureiben. Ich bewundere die präzise Fürsorge des Helfers. Und während ihre Bluse gesäubert wird, schaut die Frau auf das verschmutzte Hemd des Kindes, um das sich niemand kümmern muss. Der junge Mann sieht, dass sich um die Augen der Frau ein wenig Tränenflüssigkeit gebildet hat. Er stutzt und scheint zu überlegen, ob er mit seiner Serviette auch gleich die Tränen abwischen soll. Er tut es nicht. Vor den Tränen endet seine Fürsorge; sie sind der letzte Besitz der Frau, sie trocknen nach einiger Zeit ein und hinterlassen keine Flecke.

Ich lehne an einem Eisengeländer an der Heerengracht, ich sehe im Wasser die Spiegelbilder der Häuser, ich sehe die Brücken und Hausboote, ich kann hinschauen, wohin ich will, überall empfinde ich das Wohlgefallen, das den Menschen auf Erden versprochen ist; die Freude fließt so reichlich, dass sie umkippt und zur Besorgtheit wird. Dabei will ich nur wissen, ob die Anblicke, denen sich die Freude verdankt, auch in einem Jahr noch dieselbe Bewegung auslösen werden. Ich bin da und sehne mich danach, endlich hierher zu kommen. Genauer: Ich wünsche, bereits abgereist und wieder angekommen zu sein. Da fährt ein Junge auf einem alten Fahrrad den Kai entlang und hält nicht weit von mir. Er nimmt das Fahrrad und wirft es in ein Gebüsch unterhalb einer Haustreppe. Ich sehe das Fahrrad aus dem Gesträuch herausragen, und es verwandelt sich augenblicklich in einen Grund, in ein paar Monaten wieder nach Amsterdam zu fahren. Denn jetzt darf ich sinnvoll wissen wollen, ob es dem Gebüsch bis zum Sommer gelingen wird, das Fahrrad in sich aufzunehmen und mit grünen Blättern zu überwachsen.

Wenn eine Antwort auf die Verzweiflung und Unruhe nötig war, fuhr Max Beckmann an die holländische Westküste nach Zandvoort. Von hier aus ging er zu Fuß nach Overveen, sah das Meer und machte es zu seinem Freund. In seinem Tagebuch steht der Satz: «Aber das Meer war wieder das Meer und sagte Guten Tag Herr Beckmann.» Gesa und ich möchten auf das Meer schauen und dabei den Holländern danken, dass sie ihn in ihrem Land aufgenommen und dort zehn Jahre lang leben und arbeiten ließen. Die Bahnfahrt nach Zandvoort dauert laut Fahrplan etwa eine halbe Stunde. Aber am Schalter im Amsterdamer Hauptbahnhof erfahren wir, dass die Verbindung nach Zandvoort wegen Gleisarbeiten zurzeit unterbrochen ist. Wir müssten mit dem Zug bis Haarlem und von Haarlem mit dem Bus nach Zandvoort. Die Umständlichkeiten passen nicht zur Einfachheit unseres Plans. Wir setzen uns auf eine Bank und sehen uns unentschieden an, das heißt, wir warten, bis wir zu einfachen Reisenden werden, die Umstände hinnehmen können. Ich blättere in Beckmanns Tagebuch und suche nach Stellen, die zu dieser Stunde passen. Ich finde zwei Zeilen vom 21. August 1942: «Wo soll mein Lager ich mir wieder breiten, das falsche Leben zieht mich weiter fort.» Das falsche Leben!, ruft Gesa aus und bittet mich, die Stelle noch einmal zu lesen. «Wo soll mein Lager ich mir wieder breiten, das falsche Leben zieht mich weiter fort.» Durch die Wiederholung entsteht für drei Augenblicke der Schein einer Verbrüderung mit Beckmanns Leben. Das ist das Eingedenken, eindringend mit der Kraft eines Stroms fließt es kurz auf und ab und verschwindet wieder. Wir fahren nach Zandvoort. Es ist ein kleiner Ort. Zu Fuß, wie einst

Beckmann in den dreißiger und vierziger Jahren, gehen wir nach Overveen. Der Wind bläst kalt und hart über den Strand und richtet die leeren Muschelschalen halb auf. Hier ist es, das Gefühl der Todeseinfachheit. Leicht soll es fallen, das Leben aufzugeben und es dann doch zu behalten. Die anrollenden Wellen bringen das Gefühl einer Erleichterung hervor; sie liegt darin, dass vorübergehend jeder Gedanke über das Leben überflüssig wird. Gesa geht vier Schritte vor mir und fotografiert die Schraffuren im Sand. Alles was ich höre, ist das Fluppen der Möwenflügel und das Geräusch der sich aufrichtenden und zusammenbrechenden Wellen. Am Horizont ist Nebel sichtbar. Es ist nicht genau zu sehen, wo das Wasser endet und wo der Himmel beginnt. Die Möwen fliegen so flach über das Meer, dass die nach unten schlagenden Flügel mit ihren Spitzen das Wasser berühren. Andere Möwen wenden im Flug und setzen sich bewegungslos und mit eingezogenen Köpfen an den Strand. So gehen wir eine Stunde lang im Schweigen des Meeres umher. Bei der Rückkehr in das Dorf hören wir, wie zwei Dutzend Einkaufswagen vor einem Supermarkt ineinander geschoben werden. Mit diesem Geräusch setzt das andere Leben wieder ein, das Registrieren, das Aufmerken, das Beobachten, die unablässig tätige Zurechtfindungsmaschine, die beim Anblick des Meeres einmal ausfallen durfte.

Am Abend, am Ende einer langen Stadtwanderung, kaufen wir ein kleines Weißbrot, ein bisschen Wurst, zwei Ecken Käse, ein Stück Butter, ein paar Äpfel und eine Flasche Wein, nehmen das Ganze mit ins Hotel, breiten es auf den Betten aus. Es ist schön, im stillen Hotelzimmer die draußen weitergehende Erregung der Stadt zu spüren und doch nicht von ihr gemeint zu sein. Gesa hat alle drei Lampen eingeschaltet, die an der Decke, die über dem Waschbecken und die am Kopfende des Bettes, aber alle drei zusammen geben doch nur ein mattes Licht, das durch die geriffelten Lampenschalen noch einmal gedämpft wird. Nebenan plappert ein nie gesehenes Kind. Die Gelegenheit ist günstig, ich könnte Gesa sagen, dass ich sie liebe. Ich sage es nicht, weil ich weiß, dass solche Geständnisse für sie Bedrohungen sind; sie wird dann unruhig und fürchtet, nicht mehr frei zu sein. Plötzlich quält mich der Gedanke, ich könnte eines Tages das Interesse an Gesa verlieren. Seit Jahren sind wir in den gleichen Zimmern, in den gleichen Kinos und Lokalen, seit Wochen sind wir in den gleichen Zügen, Bussen und Hotels, alles deutet darauf hin, dass die Zeit, die wir vor uns haben, noch einmal so lang wird wie die, die hinter uns liegt; trotzdem kommt Furcht auf, dass alles nicht reichen könnte, nicht die Liebe und nicht die Sorge, dass es überhaupt nichts geben könnte, was je ausreicht. Im Augenblick sind wir nur zwei fast reglose Körper, die sich auf den Betten ausstrecken und ausruhen und nichts zueinander sagen. Die Furcht hält an, ich behalte sie für mich, weil ihre Mitteilung kaum mehr wäre als eine neue Bedrohung; bis ein vertrautes Geräusch aufkommt, das oft entsteht, wenn Gesa angezogen auf dem Bett liegt: Sie reibt ihre mit Strümpfen überzogenen Zehen aneinander. Das wollene Schaben vertreibt sanft und langsam die Furcht, ich schaue heimlich dem Spiel der Zehen zu, ich sage nichts, natürlich sage ich nichts, wie könnte ich auch: Ich schweige, wundersam bedroht und wundersam befreit.

Welcher Tag ist heute? Als Dreizehnjähriger gab ich vor, nicht genau zu wissen, ob Montag, Mittwoch oder Samstag war. Das war auch das erste verbürgte Gefühl, dass ich in einer anderen Welt lebte. Die Gleichgültigkeit den Tagen gegenüber war dem Vater unbegreiflich; er wusste jeden Augenblick, ob es Dienstag, Donnerstag oder Freitag war. Jetzt habe ich es erreicht; ich gehe über eine der leicht nach oben gewölbten Kanalbrücken und weiß nicht genau, ob es Montag, Mittwoch oder Samstag ist.

Lieber Paul,

seit ein paar Tagen sind Gesa und ich angespannt und schweigsam. Vermutlich werden wir am kommenden Wochenende nach Hause fahren. Wir würden gerne mit dir am Abend unserer Ankunft zusammen sein! Es ist schwierig, die Existenzweise des Reisens aufzugeben. Ich bin überrascht, wie sehr mir das Leben in Hotelzimmern entspricht. Man hat immer nur ein paar Koffer und Taschen um sich, von denen jeden Tag die Mahnung ausgeht, dass es besser ist, wenn sich nichts ansammelt. Außerdem fällt man in einem Hotelzimmer nicht auf die Scheingeborgenheit einer Wohnung herein. Wir überlegen, ob wir nicht auch in Deutschland in einem Hotel leben wollen. Die Deplatziertheit des Künstlers ist in unserer Gesellschaft so weit fortgeschritten, dass seine Anstrengung, wahrgenommen zu werden, als schlechtes Benehmen auf ihn selber zurückschlägt; in dieser Lage ist ein Hotelzimmerleben gar nicht schlecht. Aber bei uns gibt es nicht diese kleinen, nicht zu teuren, nicht heruntergekommenen und doch «mitgenommenen» Hotels, die dafür geeignet sind. Wer in Deutschland in einem mittleren Hotel übernachtet, findet sich am nächsten Morgen in einem Kreis von Handelsvertretern wieder. Du siehst, die Frage, wie man leben soll, ist nach dieser Reise dringlicher geworden. Mir fällt öfter die Geschichte einer schönen Italienerin ein. Sie war verheiratet und hatte zwei Kinder. Eines Tages lernte sie einen anderen Mann kennen, der ihr sagte, dass sie schön sei. Das hatte sie von ihrem Ehemann schon sehr lange nicht mehr gehört; aus Dankbarkeit nahm sie ihre beiden Kinder und zog zu dem anderen Mann. Dieser gewöhnte sich wie der vorige rasch an ihre Schönheit und hob sie bald nicht mehr hervor. Nach einiger Zeit traf die Italienerin auf einen dritten Mann, der geradezu erschüttert war von ihrer Schönheit. Als er ihr seine Erschütterung gestand, nahm sie erneut ihre beiden Kinder und tat sich mit dem dritten Mann zusammen. Ich weiß nicht, wie die Geschichte weitergeht, aber ich weiß jetzt wenigstens, was mir an ihr gefällt; ich hoffe, dass ich nicht ganz so wahnsinnig bin wie die Italienerin, aber ihre Art, in keinem bestimmten Leben ankommen zu wollen, beeindruckt mich schon. Wir hoffen, dich in guter Verfassung anzutreffen. Grüße von Gesa. Dein W.

Von außen sieht das Lokal kalt und dürftig aus. Es ist ein weiß getünchter Kasten mit weißen Papiertüchern auf den kleinen Tischen. An der Decke drei Neonröhren und ein großer, stillstehender Ventilator. Wir nennen es seit Tagen das Lokal der arabischen Einsamkeit. Immer sitzen zwei oder drei einsame Männer über ein paar Bohnen und einem Stück Lamm; sie essen langsam und schauen vor sich hin, sie hören der arabischen Musik zu, die ein wenig zu laut aus dem einzigen Lautsprecher kommt. Wir bestellen Couscous, was bei den drei Männern, die das Lokal betreiben, Freude und Verwirrung auszulösen scheint. Einer von ihnen weist mehrmals auf seine Armbanduhr, vermutlich will er uns sagen, dass wir eine Weile warten müssen. Uns macht das nichts aus, wir haben Zeit und sind selber ein wenig einsam, nein, nicht einsam, sondern traurig, weil wir morgen zurückfahren. Die drei Männer müssen Brüder sein, so gleichartig ist ihr Gesichtsausdruck und die Aufforderung darin, von ihren guten Absichten überzeugt zu sein. Alle drei sind zwischen dreißig und vierzig Jahre alt, alle drei haben makellose weiße Zähne und tragen einen dichten schwarzen Schnurrbart. Zwei arbeiten in der Küche, in die wir vom Gastraum aus hineinsehen können. Der dritte bedient die Gäste, räumt die Tische ab, kassiert und legt neue Papiertücher auf. Trinkgelder steckt er in eine besondere Kasse. Gesa holt aus ihrer Handtasche eine Menge U-Bahn-Tickets, Eintrittskarten, Busfahrscheine, Umrechnungstabellen, Zettel, Kassenbons, Zuckerstückchen, Eisenbahnzuschläge und kleine Prospekte heraus und breitet sie auf dem Tisch aus. Von den Gläsern, die an der Wandseite des Tisches stehen, nimmt sie zwei große und zwei kleine und stellt sie in Form einer kleinen Treppe hintereinander auf. Und sie beginnt, den Krimskrams vor und neben den beiden Gläsern aufzubauen, übereinander zu stellen und nebeneinander zu gruppieren. Ich kann nicht herausfinden, was sie bauen will. Soll es ein Haus werden oder ein kleiner Turm? Ein Teppich aus Papierfetzelchen oder eine Art Tischbild? Unser Araber bringt schon die Teller für die Vorspeise. Gesa stellt die Teile um und baut sie neu auf, und plötzlich erkenne ich, was es werden soll: ein kleiner Altar. Er wird gebaut aus den Überbleibseln all dessen, was wir gesehen, gelesen und beredet haben. Das Material wird zum Zeichen eines Eingedenkens; wem soll man danken, wenn man keinem Gott danken will? Der Aufbau wird diesmal bunter und dichter. Die drei Araber beachten uns nicht; sie haben ihren eigenen Altar: Auf einem Mauervorsprung oberhalb der Durchreiche zur Küche stehen Familienfotos, Ansichtspostkarten und ein paar Kultgeräte dicht beieinander. Ich krame in meinen Taschen und finde ein paar Münzen, Kurstabellen und Kinokarten, die ich Gesa als weitere Bauteile zur Verfügung stelle. Wir essen und schauen zwischendurch auf den Altar. Und plötzlich spüren wir seine Wirkung: Obwohl uns das Ende der Reise traurig und schweigsam macht, sind wir vergnügt. Der Altar zeigt uns, was alles gewesen ist. Unser Araber stellt eine Schüssel mit hellgelber Hirse auf unseren Tisch. Er lacht und spricht mit uns auf Arabisch, und anscheinend ist er vollkommen sicher, dass wir jedes Wort verstehen.

V

Der Expresszug Amsterdam–Frankfurt ist überfüllt; in den Abteilen sitzen Familien, in den Gängen stehen Jugendliche mit Rucksäcken und Gepäckbündeln. In unserem Abteil sitzt ein Paar mit drei Kindern. Bei der Abfahrt hat der Vater die Pässe aller Familienmitglieder in seinem Brustbeutel und diesen unter seinem Pullover verstaut. Die Kinder schauen uns an und wagen nicht zu sprechen. Über der Landschaft draußen liegt dichter Nebel. Aus dem Dunst tauchen niedrige, würfelartig herumliegende Häuser mit kleinen Fenstern auf und verschwinden rasch wieder. Die meisten der jungen Leute steigen in Utrecht und in Arnheim wieder aus. Gegen Mittag verschwindet der Nebel, die matte Wintersonne steigt hoch. Es gibt immer ein paar Vögel, die eine Weile neben dem Zug herfliegen. Gesa schweigt und spielt mit einem locker gewordenen Mantelknopf. Kurz vor der Grenze beginnt es zu regnen. Die erste deutsche Station nach der Grenze ist Emmerich. Auf dem Bahnsteig erscheinen Polizeibeamte. Der holländische Ehemann holt die gut versteckten Pässe der Familie hervor. Die Beamten strömen in die Gänge, andere bleiben draußen und beobachten die Arbeit ihrer Kollegen im Zug. Ein Gastarbeiter holt aus seiner Anzugtasche Sonnenblumenkerne und beißt sie mit gelben Zähnen auf. Der Beamte, der unser Abteil kontrolliert, wirft einen schnellen Blick auf die Pässe der Holländer und verzichtet darauf, sie einzeln zu öffnen. Den Pass des im Gang stehenden Gastarbeiters hat er nicht einmal anschauen wollen. Unsere Pässe nimmt er entgegen und reicht sie durch das Zugfenster einem Kollegen hinaus, der sie in ein kleines Büro trägt. Zum ersten Mal, seit wir unterwegs sind, werden wir kontrolliert. Ich spüre die Beklemmung, plötzlich wieder Bewohner eines einzigen Landes sein zu müssen. Draußen schlägt der Schwanz eines Polizeihundes gegen die hölzerne Tür des Büros. Das Knacken der Sonnenblumenkerne, das mich eben noch gestört hat, ist jetzt beruhigend. Wie ist es möglich, dass der Fremdeste die größte Sicherheit ausstrahlt? Mit einem knappen Biss spaltet der Mann jeden Kern. Dann schiebt er seinen Daumenfingernagel in die geöffnete Schale und biegt sie auseinander. Während er kaut, sucht er den nächsten Kern. Gesa schaut abwesend aus dem Fenster. Für die Dauer der Überprüfung sind wir als Paar getrennt und gelten als Einzelne. Da tritt ein Beamter mit unseren Pässen aus dem Büro; ein Kollege nimmt sie entgegen und bringt sie uns ins Abteil. Obwohl wir wussten, dass nichts gegen uns vorliegt, sind wir erleichtert.

Im Ausland war es einfacher, das Gefühl des Verstecktseins zu haben. Dort musste ich nicht überlegen, welche Jacke und welche Hose mir dabei helfen könnte, Abstand zu wahren; seit ich wieder zu Hause bin, brauche ich Tricks zum Leben. Zum Beispiel den Koffer in der hinteren linken Ecke meines Zimmers. Er ist Tag und Nacht geöffnet; sobald mich das Gefühl überfällt, dass mir etwas zu nahe kommt, schaue ich in den geöffneten Koffer, und schon weiß ich: Du kannst verschwinden. Manchmal lege ich ein Paar Schuhe oder ein Hemd dazu, dann ist es noch besser. Das sieht aus, als wäre ich schon nicht mehr da. Das Tragen der Hose mit den brüchigen Stellen im Gewebe ist ein anderer Trick. Wenn ich sie anziehe, wächst mir die Überzeugung zu: Jetzt bleibt dir das Übelste erspart. Je besser ich weiß, dass es kein wirkliches Verstecktsein gibt, desto öfter muss ich diese Hose tragen. Was wir brauchen, ist eine Theorie der Verborgenheit. Der Grundgedanke könnte sein, dass das Subjekt die Gesellschaft beobachten darf, diese aber nicht das Subjekt. Die Beteuerung, der beobachtete Bewohner sei auch der behütete Bewohner, darf als verwirkt angesehen werden. Solange es die Theorie nicht gibt, muss ich auf meine verschlissene Hose zurückgreifen. Sie hält immerhin Prospektverteiler, Prediger, Zeitschriftenwerber, Marktforscher, Propagandisten und Verkäufer von mir fern. Dafür kommt mir Paul entgegen. Paul weiß, dass Verborgenheit Mühe macht. Paul sagt es so: Zurückgezogensein ist Arbeit. Pauls Cordhose ist aus den siebziger Jahren, seine Lederjacke, glaube ich, aus den Sechzigern. Paul ist mir angenehm, weil er kaum noch Ziele verfolgt. Alles Geplante ist ihm peinlich geworden. Deswegen hat er immer nur Einfälle, aber kein

Werk. Im Sommer trägt Paul eine starke Lupe bei sich, mit der er Insekten beobachtet, die ihm versehentlich auf den Arm fliegen. Im Herbst verspannt er seinen Balkon mit Hunderten von schmalen Papierstreifen und schaut dann von seinem Zimmer aus zu, wie sich in dem weißen Papiergeflecht Sandkörner sammeln. Während wir über die Probleme des versteckten Lebens sprechen, rutscht dicht neben uns einer Frau ein Stück Pizza von ihrem Pappdeckel auf die Straße. Wir halten inne und fragen uns stumm, ob die Frau das Pizzastück aufheben wird oder nicht. Dabei verfliegt leider die zwischen uns hergestellte Atmosphäre der Verborgenheit; das heißt, ich finde sie überraschend wieder, weil mir eine winzige Spinne auffällt, die auf Pauls weißem Hemdkragen entlangläuft. Manchmal will sie den Kragen verlassen, aber sobald sie in die Nähe von Pauls Haut gerät, ändert sie die Laufrichtung und bleibt auf dem Kragen. Wir haben Glück: Die Frau gibt ihre Pizza auf. Aber wir haben zu früh aufgeatmet. Kaum ist die Frau verschwunden, machen sich zwei Tauben über das Pizzastück her. Ich spüre, dass Paul nicht die Kraft haben wird, dem Bild der Pizza pickenden Vögel standzuhalten. Ich habe diese Kraft auch nicht, aber ich schaue auf die winzige Spinne, die jetzt an Pauls linker Kragenecke angelangt ist und wahrscheinlich auf das Hemd überwechseln wird. Es ist nur der Anblick der geheim operierenden Spinne, der jetzt noch die Idee meiner Verborgenheit und meines Schutzes darin aufrechterhält. Ich überlege, ob ich Paul in das Geheimnis der Spinne einweihen und ihm damit selbst zu einem Geheimnis verhelfen soll. Aber da ist es schon zu spät. Drei weitere Tauben tippeln heran und versuchen, den anderen Vögeln das Pizzastück abspenstig zu machen. Dieser Anblick ist für Paul eindeutig zu viel. Er reicht mir die Hand und verabschiedet sich rasch.

Ein anderer Trick: Einmal in der Woche, dienstags, bin ich dem Meer nahe. Ort der Täuschung ist der Bockenheimer Markt. Ein Fischhändler baut dort drei Zinkwannen auf und lässt einen Vormittag lang Karpfen, Hechte, Schleien und Welse umherschwimmen. Ich stelle mich dicht an eine der Wannen, beuge mich ein wenig vor, und schon habe ich fast den Geruch des Meeres, diese säuerliche Mischung aus Tiefe und Tang und fremder Tierkörperhaftigkeit. Ein paar der Schleien und Karpfen sind so groß geworden, dass man sie sich nicht mehr tot vorstellen mag; deswegen leben sie fort von Markttag zu Markttag. Gegen 14 Uhr, wenn der Händler seine Sachen einpackt, komme ich zum zweiten Mal. Ich will den Meeresgeruch noch einmal haben, aber ich will auch sicher sein, dass niemand gewagt hat, den großen Fischen an das Leben zu gehen. Sie gleiten mit ihren schweren Leibern bedächtig, ja elegant in der Wanne auf und ab. Mit ihren abstehenden Lippen und ihren weit geöffneten Augen sehen sie aus wie klug gewordene Tiere, die erst im Alter bemerkt haben, dass sie ungestört leben wollen. Aus einiger Entfernung schaue ich dem Fischhändler dabei zu, wie er mit einem Handnetz die wieder übrig gebliebenen Fische einfängt und sie in einen großen Plastikbehälter verlädt, der auf seinem Lieferwagen aufmontiert ist. Sie lassen sich leicht einfangen; sie scheinen zu wissen, dass es für sie nicht gefährlich ist, wenn sie vorübergehend an der Luft sind. Sie wälzen ihre Körper nur einmal auf die andere Seite des Netzes; es sieht aus, als suchten sie auf einem Meeressofa eine neue Lage.

Der Himmel ist grau, an einigen Stellen schwefelgelb und rosa; seit Stunden sieht es nach Regen aus, aber es bleibt trocken. Der Güntersburgpark ist kein Park, sondern eine so genannte Anlage, ein von Büschen eingesäumtes Rasenstück, durch das drei oder vier Wege hindurchführen. Es genügt, wie jetzt, ein wenig milde Luft, und schon sitzen Menschen auf den Bänken. Ein junger Ausländer zündet mit einem Feuerzeug welke Blätter an und schaut einer schönen Frau nach, die mit ihrem linken Arm eine Großpackung Toilettenpapier an sich drückt. Ein Kind im Sandkasten erfindet den Fluch: Zum Gottes noch Willen. Ich warte auf weitere Flüche, aber das Kind bleibt still. Fast jeder Zweite, der durch die Anlage geht, trägt das neue Telefonbuch nach Hause. Am schönsten sind die Tauben, wenn sie über Dächer und Baumspitzen fliegen. Wenn sie umhergehen, müssen sie ihre ermüdende Körpermechanik zeigen: Jeder Schritt verlangt ihnen ein Kopfnicken ab. Eine Frau im Trenchcoat betritt die Liegewiese und sucht sich einen Platz. In der Nähe eines Baumes lässt sie sich auf dem Stummelrasen nieder und lehnt ihren Körper gegen den Stamm. Ein älterer Ausländer, ein kräftiger Mann mit gelassenen Bewegungen, setzt sich neben mich. An seiner Zeitung sehe ich, dass er ein Türke ist. Zum Zeichen, dass ich ansprechbar bin, lasse ich mein Buch niedersinken. Aber der Türke spricht mich nicht an, er blättert in seiner Zeitung und schaut umher. Die Frau auf der Liegewiese scheint eingeschlafen zu sein. Sie hält ihre Hände von sich weg, ihr Kopf ist zur Seite geneigt. Der zündelnde Ausländer geht über die Wiese und bleibt vor der schlafenden Frau stehen. Endlich hat der Türke neben mir gefunden, was er gesucht hat: das

Kreuzworträtsel. Ruhig wie ein westdeutscher Frührentner holt er aus seiner Hemdentasche einen Kugelschreiber heraus und beginnt mit der Lösung des Rätsels. Ich bin verblüfft, ich möchte ihn gern fragen, ob ihm Kreuzworträtsel schon zu Hause in der Türkei bekannt waren oder ob er sie erst hier kennen gelernt hat. Aber da erwacht die Frau im Trenchcoat, sieht den jungen Ausländer vor sich stehen und erschrickt. Sie steht auf und schimpft: So ein Gaffer! Steht da und glotzt mich an! Nicht einmal fünf Minuten darf man die Augen zumachen! Auch der junge Ausländer erschrickt, aber die Frau im Trenchcoat lebt nur in ihrem eigenen Schreck. Sie klopft sich den Mantel zurecht und verlässt die Wiese. Der junge Ausländer kommt an unserer Bank vorbei; es ist zu sehen, dass er sich schämt. Der Türke neben mir zuckt mit den Schultern, ich schaue wieder in mein Buch.

Jetzt will auch noch die Bundespost zeigen, dass sie frisch, fröhlich und naturverbunden ist. Wochenlang war die einst düstere Hauptschalterhalle wegen Umbauarbeiten geschlossen. Jetzt ist sie wieder geöffnet, und sie ist nicht wieder zu erkennen. Alles ist weiß, gelb, hell, froh, gläsern und freundlich. Die Türen am Eingang sind leicht und vollautomatisch. Für Behinderte gibt es eine Extra-Auffahrt. Die Decke ist eine einzige Lichtfläche. Nicht eine Neonröhre flackert. Die Helligkeit kommt wie von einer großen Sonne; das Licht ist überall und überall gleich stark. Der Boden ist glatt und fast weiß. Die Schalter ringsum blinken hellgelb und einladend. Die Arbeitstische der Beamten sind separat erleuchtet und nicht mehr so eng wie früher. In der Mitte der Halle steht eine lockere Tischgruppe mit kantenlosen, weißen Sitzen davor. Der Höhepunkt aller Neuerungen sind vier echte Bäume. Sie stehen einander im Quadrat gegenüber; starke zusätzliche Punktstrahler leuchten sie von oben an. Das Dunkelgrün ihrer Blätter steht in kräftigem Gegensatz zu den hellen Farbfluten ringsum. Trotzdem spielen die Bäume das Spiel nicht recht mit; sie haben ihre Blätter entweder weggedreht oder unfroh eingerollt. Kein Windhauch dringt in den fensterlosen Bau. Und die Rentner, die unterhalb der Bäume sitzen, merken nicht oder es ist ihnen gleichgültig, dass das scharfe, nur den Bäumen zugedachte Licht auch die Kargheit ihres Lebens anstrahlt. In diesem Licht fällt alles auf: der gerissene und zusammengenähte Henkel der Einkaufstasche, der mit Klebestreifen ausgebesserte Bügel eincr Brille, die Flecken auf den Hüten, die geflickten Strümpfe und, auf den Gesichtern, der längst zur Form gewordene Schreck über das fortgeschrittene Leben. So kann es die Post nicht gemeint haben. Gibt es nicht schon einen Design-Beamten, der den Rentnern zu sagen hat, dass sie verschwinden müssen, weil hier nur junge und hell gekleidete Menschen Platz nehmen dürfen, die zu ihrer Umgebung auch passen? Nein, ich habe mich geirrt. Der Mann, der allein in einem verglasten Extra-Schalter sitzt, gibt nur Auskünfte. Er darf alles beobachten, aber niemanden zurechtweisen.

Gesa ruft an und liest mir aus der Zeitung vor: das Rialto, *unser* Rialto, das zweitgrößte italienische Café der Stadt, wird verschwinden! Der Hausbesitzer hat die Miete so stark erhöht, dass sich der Café-Betrieb nicht mehr lohnt. Der Besitzer des Cafés, Herr Brigaglia, ist so verbittert, dass er das Café auflösen und die Einrichtung, das Geschirr und das Besteck an jedermann verkaufen und dann mit seiner Familie nach Italien zurückkehren wird. Ein Bettengeschäft soll in den Laden kommen!, ruft Gesa aus. Am Nachmittag gehen wir zum letzten Mal ins Rialto. Von allem, was es hier gibt, wollen wir uns ein Exemplar kaufen: ein Tablett, einen Eisportionierer, eine Espressotasse mit Unterteller, je einen Eisbecher mit und ohne Metalleinfassung, eine Tortenplatte, eine große und eine kleine Cappuccinotasse mit Unterteller. Herr Brigaglia steht in seinem halb aufgelösten Café, um ihn herum seine Frau und die Kinder und ein paar Verwandte. Sie hantieren hinter der langen Theke und verkaufen alles, womit sie so viele Jahre umgegangen sind. Das Interesse ist groß, viele ehemalige Gäste sind da und drücken ihr Bedauern aus. Frau Brigaglia schluchzt und setzt sich auf einen Stuhl. Wir nehmen die Eisportionierer in die Hände, die Espressotassen, die kleinen Tabletts und die Eiscafégläser; und wir merken, dass wir uns geirrt haben. Die Dinge sind schön, aber ohne das dazugehörige Café sind sie traurig. Wir werden nichts kaufen. Gesa zieht mich aus dem Café hinaus. Es ist noch nicht einmal sinnvoll, uns von Herrn und Frau Brigaglia zu verabschieden. Wir haben sie zwar oft gesehen, aber wir haben sie nie kennen gelernt. Wir gehen einfach aus dem Café hinaus wie immer: für immer.

Über eine riesige Straßenkreuzung fahren sechsspurig die Autos. An den Kreuzungsecken stehen Büsche und Sträucher, in denen Spatzen sitzen, die in Rudeln herausschwirren, wenn die Ampeln auf Rot springen und die Autos genau vor ihnen anhalten. Dann fallen eine Menge toter Fliegen, Falter und Insekten von den Windschutzscheiben auf die Straße herunter. Schnell fressen die Vögel alles weg. Einige Spatzen lassen sich auf den Stoßstangen nieder und picken die Kleintiere, die zwar aufgeprallt, aber nicht auf die Straße gefallen sind, von den Kühlern und Scheinwerfern. Wenn die Autos wieder losfahren, schwirren auch die Spatzen zurück in die Büsche und warten auf den nächsten Stopp. Ich kann nicht feststellen, ob es immer dieselben Vögel sind. Singvögel habe ich noch nicht an der Kreuzung gesehen. Es kommen immer nur graubraune Spatzen, denen es gelungen ist, die Nervosität der Stadt zu der ihrigen zu machen: Ihre Frechheit wächst mit dem Lärm und den Schrecken.

Eine Frau tritt aus einer Chemischen Reinigung und betrachtet zärtlich eine frisch gereinigte Jacke, die sie über dem Arm trägt. Die Jacke steckt in einer schimmernden Folie. Mit der Hand gleitet die Frau an der Plastikhaut entlang. Als sie bemerkt, dass sie einen toten Gegenstand liebkost, zieht sie schnell die Hand zurück und steckt sie tief in die Manteltasche.

Plötzlich löst sich von meinem linken Schuh die Sohle; am Innenrand steht sie bis in eine Tiefe von drei Zentimetern leicht ab. Der gute Schuh! Ich schaue ihn an wie einen alten Bekannten und rede nur deshalb nicht mit ihm, weil zu viel fremde Menschen um mich herum sind. Bei jedem Schritt schlägt der lose Sohlenrand ein wenig an den Schuh an. Dadurch hat das Gehen einen Takt: wie früher, als ich klein war und an der Hand der Mutter ging. Wenn sie gut gelaunt war, drückte sie bei jedem Schritt ihre Hand taktweise ein wenig fester zu. Das Gehen mit ihr war dann eine fortwährende Erinnerung daran, dass ich nicht allein war. So ist es jetzt wieder! Nur einmal ist mir eine Verfehlung unterlaufen. Ich hatte mich ein wenig von der Hand der Mutter entfernt und war, ohne es zu bemerken, im Weitergehen an die Seite einer anderen Frau geraten, die ich für meine Mutter hielt. Nach einiger Zeit fasste ich wie immer nach ihrer Hand und fühlte eine fremde Frau. Erschrocken riss ich die Hand zurück und suchte nach der Mutter, die nur wenige Schritte hinter mir ging. Die beiden Frauen lachten über mein Missgeschick. Der gute Schuh! Ich werde ihn schonen; ich werde ihn nicht zum Schuhmacher bringen. Lieber will ich beobachten, was aus ihm wird. Vielleicht löst sich die Sohle nur am Rand, und in der Mitte bleibt sie haften; dann hätte ich einen Schuh, der mir zeigt, wie ich lebe und gelebt habe, einen Schuh, der erzählt, während ich gehe.

Ein ungefähr zwölfjähriger, dunkelhaariger Junge geht von Tisch zu Tisch. In der linken Hand trägt er einen Zettel, den er den Leuten vor das Gesicht hält. Die meisten Gäste wollen nicht wissen, was auf dem Zettel steht. Es genügt ihnen der Anblick der schmutzigen Kinderhand mit dem abgefingerten Zettel, und sie wissen, dass sie nur angebettelt werden. Eine verscheuchende Handbewegung ist der Rest. Der Junge sieht auch die Angebettelten nicht an. Er weiß, dass er so gut wie keinen Erfolg hat. Er hält nur seine Hand hin und schaut über die Gäste wie über ein weites Meer, von dem nichts zu erwarten ist. Er kommt an meinen Tisch, ich beuge mich vor. Über vier eng beschriebene Zeilen ohne Punkt und Komma zieht sich der Text hin: Ich bin in Not Habe 3 Schwester und 2 Bruder Mutter tot Vater weg kein Geld Nicht zum Essen Sie helfen mit Spende Vielen Dank. Der Text gefällt mir so gut, dass ich den Zettel auf der Stelle besitzen möchte. Es wundert mich, dass nicht alle Menschen mit solchen Zetteln in der Hand durchs Leben gehen. Gelten die wichtigsten Mitteilungen nicht für jedermann? Ich gebe dem Jungen zwei Mark und sage ihm, dass ich ihm einen neuen Bettelzettel schreiben will: fehlerlos und auf weißem Papier. Der Junge nimmt das Geld, setzt sich an meinen Tisch und sieht mir dabei zu, wie ich mir ein Stück Papier zurechtlege. Er hält mir seinen alten Zettel als Vorlage hin. Aber ich brauche die Vorlage nicht und fange an zu schreiben: Seit unsere Mutter tot ist, sind wir in Not; jetzt hat uns auch noch der Vater verlassen. Schon nach diesem Satz höre ich auf zu schreiben; wie unglaubwürdig und erfunden der Satz klingt! Nun schaue ich doch auf die Vorlage; wahrscheinlich ist es das Beste, wenn ich mich eng an den vorgegebenen Text halte. Ich bin in Not. Habe 3 Schwester und 2 Bruder ... nein, das geht auch nicht. Muss ich nicht wenigstens die Artikel und die Satzzeichen einfügen? Ich bin in Not, ich kann keinen Bettelzettel schreiben. Leider merkt der Junge, dass ich versage. Umschließt er nicht schon fester seinen Zettel, entschlossen, ihn auf keinen Fall herzugeben? Zum dritten Mal lege ich mir ein neues Stück Papier zurecht. Aber es kommt zu keinem weiteren Versuch. Plötzlich entzieht mir der Junge seine Hand mit der Vorlage, erhebt sich und schaut über mich weg wie über ein Meer.

Es ist spät, still und finster; Gesa will die Übergardinen zuziehen, da stutzt sie und verharrt am Fenster. Der Heuler!, flüstert sie. Schon oft hat sie mir von diesem Mann erzählt, der gegen Mitternacht in ihrem Viertel auftaucht, sich mit dem Rücken an eine Hauswand stellt und wölfisch heult. Ich gehe ans Fenster und erkenne einen noch jungen Mann, der eine Brille mit dicken Gläsern trägt. Sein Körper ist in einen dunklen Mantel gehüllt. Ein schmutzig gelber Schal schützt seinen Hals. Jetzt verlangsamt er seine Schritte, er scheint sich einen Platz zu suchen. Von der Untermain-Brücke gleiten immer neue Autolampenpaare herüber und verschwinden in den Seitenstraßen. Nur in wenigen Fenstern ist noch Licht zu sehen. In Gesas Zimmer ist es dunkel. Der Mann steht reglos und allein unterhalb eines Balkons. Der Platz scheint gut gewählt; von den Bewohnern des Hauses, an dessen Wand er steht, kann ihn niemand sehen. Die Hände trägt er tief in den Manteltaschen. Auf der Straße erhebt sich ein leiser Ton, ein Heulen, ein tierisches Rufen. Ist er ein Künstler oder ein Verzweifelter, der sich nicht mehr zu den anderen zählt und deswegen verrückt geworden ist? Gesa erschrickt und fasst mich an. Nie weiß ich, ob ich froh oder traurig sein soll, wenn ich sein Heulen höre, flüstert sie. Mich erinnert das Heulen an die jammernden Stimmen von Arabern, die im Ausländerprogramm des Rundfunks zu hören sind. Wen mag er rufen?, fragt Gesa. Vielleicht will er nur sein verwildertes Warten zeigen, sage ich. Mich erinnert er an ein Kind, das heute Nachmittag mit offenem Mund dicht vor einem Schaufenster stand und ebenfalls sang oder heulte, sagt Gesa. Aber da ist plötzlich das scharfe Geräusch eines hölzernen Rollladens zu hören, der mit einem durchgehenden Ruck nach oben gezogen wird. Augenblicklich verstummt der Heuler, zieht seinen gelben Schal zusammen und verschwindet. Wir warten eine halbe Stunde, ob er vielleicht unterhalb eines anderen Balkons noch einmal beginnt, aber er kehrt nicht zurück. Jetzt wird es lang dauern, bis er wiederkommt, sagt Gesa. Das Rollladengeräusch hat den heimlichen Vertrag gestört, den es zwischen dem Heuler und allen gab, die ihn still hinter den Fenstern hörten. Es muss jemand neu zugezogen sein, sagt Gesa, der die Vereinbarungen der Nacht noch nicht kennt.

Hans-Albert kommt mir entgegen; wir zögern ein wenig, weil wir nicht gewohnt sind, uns tagsüber zu begegnen. Wir treffen uns nur nachts, und nachts fällt uns das Sprechen leicht. Was sollen wir tagsüber miteinander anfangen? Vor dieser Frage haben wir eine kleine, bloß mit dem Leben verwachsene Angst. Aber Hans-Albert will nicht ausweichen, ich sehe es, er schaut mir offen entgegen, ich schaue ebenso zurück, und so stoßen wir aufeinander, wir begrüßen uns ein wenig förmlich, ich spüre, dass Hans-Albert in keiner guten Verfassung ist. Vor ein paar Nächten erst habe ich ihn nach Hause gebracht. Vielleicht habe ich mich nicht richtig benommen! Es war das erste Mal, dass ich einen Betrunkenen umfasst und bis in seine Wohnung begleitet habe. Ich weiß nicht, warum sich Hans-Albert von Zeit zu Zeit betrinkt, und es ist mir nicht möglich, ihn danach zu fragen. Ich war erstaunt, wie leicht sein Körper war und wie leicht es Hans-Albert fiel, sich an mich zu hängen und sich von mir tragen, schieben und heben zu lassen. Hans-Albert zittert, aber ich wage nicht, ihn nach dem Grund zu fragen. Trinken wir einen Kaffee? Ja, gut, sagt er. Wir gehen in das kleine Café in der Friedberger Landstraße. Hans-Albert zieht seinen Regenmantel aus, faltet ihn zusammen wie ein Kissen und setzt sich darauf. Das Café ist fast leer, ein junges Mädchen bringt die Bestellung. Hans-Albert scheint erschöpft zu sein. Er schließt die Augen und lehnt den Kopf gegen die Wand; beim Zurücklehnen drückt er mit der linken Schulter den Kippschalter an der Wand herunter. Mattes Licht flammt auf, Hans-Albert bemerkt es nicht, weil er die Augen geschlossen hält. Eine junge, am Fenster sitzende Frau schaut auf; sie schreibt einen Brief und glaubt vielleicht, das Licht sei ihretwegen eingeschaltet worden. Die Leere des Cafés passt gut zu Hans-Alberts Erschöpfung. Eben sehe ich, dass sich in seinen geschlossenen Augen ein wenig Tränenflüssigkeit bildet. Ich will das nicht sehen, aber ich sehe hin. Ich will aufstehen und gehen, Tränen, nein, das bitte nicht, aber ich bleibe. Hans-Albert wischt sich mit dem Jackenärmel über die Augen, der Anfall scheint schon vorüber zu sein. Ich habe nicht gewusst, dass der nachts immer freche Hans-Albert tagsüber solche Schwächeanfälle erleidet. Jetzt öffnet er die Augen; ich wage nicht zu sprechen, ich schaue im Lokal umher. Die Lampen sind eingeschaltet, obwohl Tageslicht herrscht. Hans-Alberts Bewegung mit dem Ärmel erinnert mich an einen lange zurückliegenden Nachmittag in meinem Zimmer. Ich ging zum Radio, um es abzuschalten, weil ich die Nachrichten nicht länger hören wollte. Ich war schon mit dem Finger auf der Taste, da meldete der Sprecher, dass der Dichter Günter Eich gestorben sei. Wenig später, auf der Straße, als mir das Bild von Günter Eich mit dem harten runden Kopf und dem weißen Stoppelbart zum letzten Mal als ein lebendes Bild in den Kopf schoss, spürte ich den bekannten Druck hinter den Augen, der der Tränenbildung vorausgeht. Genauso wie eben Hans-Albert wischte ich mir damals mit dem Ärmel über das Gesicht und wunderte mich. Die junge Frau hält sich das Briefpapier vor das Gesicht. Hans-Albert sagt einen unklaren, nicht vollständigen Satz, von dem ich nur das Mittelstück verstehe und auch das nicht richtig. Hat er Narrheit des Todes gesagt? Oder Taubheit des Todes? Oder Klarheit des Todes? Hans-Albert wiederholt seinen Satz nicht. Ich lebe gern in der Unklarheit nicht genau verstandener Wörter. Das ungenaue Verstehen ruft eine Fülle des Fühlens und Erinnerns hervor, die der Eindeutigkeit des genauen Verstehens niemals möglich ist. In der Vielfalt der Verwirrung, die Hans-Alberts Bemerkung ausgelöst hat, fällt mir die Ermahnung meiner Mutter ein, die sie mir nachrief, wenn ich auf die Straße ging: Wenn die Lichter angehen, musst du zu Hause sein. Mit welcher Sorgfalt das Leben in der Kindheit beginnt! Jetzt lebe ich in der Eile des Todes und benutze jeden unklar verstandenen Satz zum Innehalten. Eile des Todes? Hat Hans-Albert Eile des Todes gesagt? Plötzlich ist mein eigenes Leben mitgemeint von dem ungenau verstandenen Wort, ich schaue zu Hans-Albert hinüber, und um uns erhebt sich ein Schmerz, der zu groß ist für uns.

Sie sind beide jung, blond, fröhlich und warten an einer Straßenbahn-Haltestelle. Aus ihrem Halsausschnitt duftet ein weiches, aus seinem Halsausschnitt ein herbes Parfüm. Sie trägt einen mitternachtsblauen Lufthansa-Rock, er trägt eine mitternachtsblaue Lufthansa-Hose. Darüber tragen beide mitternachtsblaue Lufthansa-Mäntel. Sie trägt weinrote Stöckelschuhe, er trägt weinrote Lederschuhe. Unter ihrem linken Arm hält sie eine weinrote Handtasche, unter seinem linken Arm schaut eine weinrote Herrentasche hervor. Am linken Revers beider Mäntel blinkt je eine Lufthansa-Anstecknadel. Beide haben hellbeige Plastikkoffer mit abgerundeten Ecken neben sich stehen. An den Griffen beider Koffer hängen weiße Schildchen mit der Aufschrift: Lufthansa-Crew. Beide werfen die nötige Menge Kleingeld in den Fahrkartenautomaten. Jetzt haben sie auch noch gleich aussehende Fahrscheine!

Eine Frau hält mich auf der Straße an und fragt, ob in einem Fenster im vierten Stock des gegenüberliegenden Hauses Licht brennt oder nicht. Ich schaue hoch und sage: Nein, es brennt kein Licht. Dann ist es gut, danke, sagt die Frau und geht weiter. Ich drehe mich nach der Frau um und schaue ihr nach. Es ist erst halb fünf Uhr nachmittags. Trotzdem wird es schon dunkel. Zu schnell geht zwischen den Häusern das Abendblau nieder. In den Büros und Geschäften ringsum muss Licht eingeschaltet werden. Am besten wäre, Gesa und ich könnten zum Hauptbahnhof gehen und in einen Zug steigen. Ich frage einen jüngeren Mann, ob im sechsten Stock eines Bürohauses Licht brennt oder nicht. Der Mann schaut das Haus an und sagt: Ja, es ist Licht dort. Dann ist es gut, vielen Dank, sage ich. Ich schaue umher, ob nicht wenigstens ein schimpfender Mann entlangkommt. Aber es sind heute Abend nur ein paar leise Murmler auf der Straße, die zufrieden sind, wenn sie mit sich selbst sprechen dürfen. Vor einem Wäschegeschäft steht eine Holzkiste mit einem Dutzend Wollmützen. Eine Frau probiert ein paar der Mützen an und geht dann ohne Kopfbedeckung weiter. Zwei städtische Arbeiter in orangefarbener Schutzkleidung kehren den Bürgersteig. Weil nichts geschieht, frage ich eine rundliche Frau nach einer Straße, von der ich weiß, dass es sie nicht gibt. Oh, stöhnt die Frau mild und müde hervor, ich kenne mich nicht aus! Das Geständnis beeindruckt mich. Ich möchte die Frau fragen, wie sie Tag für Tag lebt, wenn sie sich nicht auskennt. Ohnehin erweckt sie den Eindruck, als wollte sie sich gerne aussprechen. Freundlich und erschöpft schaut sie mich an. Ich müsste meine Frage jetzt stellen, aber irgendetwas bringt mich durcheinander, ich stehe bloß da und starre auf das Kleid, das zwischen ihren geöffneten Mantelhälften sichtbar wird. Es ist ein weißes Kleid mit blauen Punkten, ein Sommerkleid, das vor fünfundzwanzig Jahren einmal modisch war. Am Hals dreht sich eine stoffreiche Schleife, die über der Brust endet. Und weil ich meine Frage nicht stelle, sondern aufdringlich und dumm das Kleid anstarre, hebt die Frau mit einer knappen Bewegung die Schultern und wendet sich ab. Aus der Richtung, in die sie verschwindet, kommen drei Jungen und ziehen an mir vorüber. Sie haben die Hände in ihre Jackenärmel eingezogen; es sieht aus, als hätten sie sie unterwegs verloren. Die Jungen bleiben vor einer Litfaßsäule stehen und lesen mit dramatischen Stimmen die Titel der Filme, die es in den Kinos zu sehen gibt. Zwei stahlharte Profis, sagt einer der Jungen, da gehen wir rein. Verbrecherische Herzen, sagt der andere, wir gehen in Verbrecherische Herzen. Der dritte Junge hört zu und überlegt und sagt nichts. Ich spüre, dass die Kinder mich für die nächsten zwei Stunden in der Hand haben. Sie gehen in Richtung Hauptwache, wo es die meisten Kinos gibt, und ich folge ihnen. An der Kasse des Esplanade, wo Verbrecherische Herzen gezeigt wird, kaufen sie drei Eintrittskarten. Ich kaufe ebenfalls eine Karte und betrete kurz nach den Jungen das fast leere Kino. Ich setze mich ein paar Stuhlreihen hinter die Kinder; sie sprechen so laut, dass ich fast jedes Wort verstehe. Zwei junge Mädchen betreten den Saal und gehen in eine Reihe zwischen den Kindern und mir. Und im Augenblick, als die Mädchen ihre Mäntel ablegen, fällt mir wieder die Frau ein, nein, ihr Kleid fällt mir ein, dieses weiße Sommerkleid mit den blauen Punkten, ein solches Kleid besaß auch meine

Mutter; sie trug es mehrere Sommer lang, es war eines ihrer Lieblingskleider. In dieses Kleid und in die Frau dahinter drückte ich als Kind mein Gesicht hinein. Vorne auf der großen Leinwand bewegen sich die verbrecherischen Herzen, ich schaue hin und schaue doch nicht hin, weil ich seit zwei Minuten einem anderen Film zuschaue, einem alten und verworrenen Film mit meiner Mutter als Hauptdarstellerin. Ich sehe sie und mich und wie es ihr wieder unmöglich ist, ein von ihr auf die Welt gesetztes Kind zu lieben, ich sehe, wie sie ratlos auf einem Stuhl sitzt und fliehen will und wie sie mich nur mit halber Kraft lieben kann, ich sehe sie aus der Nähe und erkenne ihre ewige Verdutztheit und ihre Überforderung und ich spüre, dass mir, seit sie tot ist, die wunderliche Nachsicht zugewachsen ist, wenigstens nachträglich ihre Verdutztheit zu lieben; ich sehe, wie sie sich nach einem unauffälligen, eigentlich unsichtbaren Leben sehnt und wie sie jeden Tag darüber nachdenkt, warum sie dieses Leben nicht bekommen hat, ich höre ihren Lieblingsspruch, den sie gesagt hat, wenn ein angekündigter Besuch ausgeblieben ist: Wer nicht kommt, braucht nicht zu gehen. Ich sehe, wie sie mich dabei anlächelt und wieder nicht bemerkt, dass mich der Spruch verwirrt, weil ich ihn auch auf mich beziehe und weil mich der Spruch in dieses besonders unfähige Kinderdenken hineinreißt: Wie ist das bitte, wer nicht kommt, braucht nicht zu gehen: Wäre es da nicht besser gewesen, ich wäre nie auf die Welt gekommen? Ich sehe, wie meine Mutter bügelt, dieses Bügeln ist ihre Art der stillschweigendsten Abwesenheit, die sie zustande bringt, und an dieser Abwesenheit sehe ich, wie verwundert sie gewesen wäre, wenn sie von meinem Kinderargwohn jemals erfahren hätte, sie wäre, wie immer, verdutzt gewesen darüber, dass ein Kind überhaupt denken kann, und hätte weitergebügelt, froh über alles, was nicht geschieht.

An der Ampel hält ein dunkelgrünes Gefängnisauto, ein mittelgroßer Kastenwagen, in dem ein paar Menschen sitzen. Hinter den kleinen, eiförmigen Fensteröffnungen huschen Haare und Köpfe von Gefangenen vorüber. Gerade war ich beim Obsthändler und habe Orangen, Bananen, Äpfel und Tomaten gekauft. Ich stehe am Rinnstein und warte darauf, dass die Straße frei wird. Jetzt schaut ein einzelner Gefangener aus einem Guckloch. Nur seine schattige, reglose Augenpartie kann ich von ihm sehen, mehr gibt das kleine Fenster nicht frei. Ich war beim Obsthändler, ich habe dort lange warten müssen, ich habe die Gespräche der Leute angehört, jetzt muss ich an dieser großen stinkenden Kreuzung stehen. Aus Verlegenheit greife ich in meine Plastiktüte, hole eine Tomate heraus und beiße vorsichtig hinein. Sieh an, eine lächerliche Tomate. Am besten wäre, ich würde mich ein bisschen verkleckern, dann wäre alles noch lächerlicher. Auch die Behutsamkeit, mit der ich die Tomate in der Hand halte, ist überflüssig; die Vorsicht, mit der ich in sie hineinbeiße, ebenfalls. Aber ich kann machen, was ich will, die Tomate verstärkt den Ausdruck meiner Freiheit. Endlich springt die Ampel auf Grün, vorsichtig fährt der Gefängniswagen an.

Begeistert sprechen die Kinder über die Krokodile, die sie im Zoo gesehen haben. Wie lange sie unter Wasser bleiben können! Wie behäbig und blitzschnell sie sind! Wie friedlich und doch hinterhältig sie am Beckenrand liegen! Wie hässlich sie sind! Wie grün ihre Augen sind! Und wie stark sie sind! Plötzlich sagt die Kindergärtnerin: Als ich voriges Jahr in Mexiko war, habe ich auch Babykrokodile gesehen. Die Kinder überhören die Mitteilung und sprechen weiter über die Krokodile, die sie selbst gesehen haben. Wie sie durch das Wasser schießen! Wie weit sich ihre Rachen öffnen! Wie fürchterlich ihre Zähne sind! Noch einmal hebt die Kindergärtnerin an: Als ich in Mexiko war, habe ich auch kleine niedliche Krokodile gesehen. Wieder gehen die Kinder nicht auf sie ein. Allein und ohne Publikum sinnt die Kindergärtnerin ihrem Mexiko-Urlaub nach.

Sie kämmt sich noch immer die Haare nach oben und stützt sie mit einem halbrunden Kamm so ab, dass ihr Hinterkopf aussieht wie ein schön gebautes Vogelnest. Wieder erkannt habe ich sie an den Nackenhaaren, die so kurz sind, dass sie sich nicht nach oben kämmen lassen. Sie ringeln sich zusammen und bilden rund um den hinteren Teil des Halses einen hübschen Saum. Ich warte an einem Gemüsestand, die Frau mit dem Saum im Nacken wartet vor mir, bis sie sich umdreht und mir das Gesicht zuwendet. In der linken Hand trägt sie eine volle Plastiktüte, an der rechten führt sie ein kleines Kind. Wir lachen und begrüßen uns, wir gehen in ein Café. Als sie achtzehn war, habe ich sie geliebt. Sonntags besuchten wir die Schwimmbäder der Umgebung; das war billig und hatte den Vorteil, dass ich Jutta den ganzen Tag um mich hatte. Sie trug einen lindgrünen, einteiligen Lastex-Badeanzug mit einer gelben Blume oberhalb der linken Brust. Mit den Freibädern konnte ich nicht viel anfangen; ich beobachtete die Menschen, die um uns herumlagen, ich sah, wie sie manchmal aufstanden und eine Runde Federball spielten, wie sie sich eine Cola leisteten oder in die Wirtschaft gingen, um Karten zu spielen. Die Frauen ölten sich Schultern und Arme ein, die Männer lasen Autozeitschriften. Ich wusste nicht viel, aber ich wusste schon, dass ich mit Autos und Federball nicht viel zu tun haben wollte. Aber wo gab es eine andere Welt? Offenkundig gab es nur *eine* Welt, in der alle leben mussten. Wer sie nicht mochte, musste sich etwas Eigenes aufbauen, egal wie. Ich las damals Gedichte von Rilke, Trakl, Heym, Benn. Obwohl ich die fremdartigen Wortgebilde kaum verstand, gefielen sie mir. Trakls und Benns Gedichte fand ich so gut, dass ich schon seit ein paar Wochen mit der Herstellung von Trakl- und Benn-Gedichten beschäftigt war. Das klappte erstaunlich schnell, gut und einfach. Ich nahm Papier und Kugelschreiber mit in die Freibäder und verfertigte vor den Augen von Jutta pro Badenachmittag sechs bis acht ein wenig verworrene, gut klingende, frei rhythmisierte Gedichte. Ich verfuhr genau so, wie Benn es einmal beschrieben hatte: Ein modernes Gedicht «entsteht» nicht, es wird «gemacht». Von Benn stammte auch der Satz, den ich damals häufig dachte, dass ein Gedicht etwas von einem scharf gemixten Drink an sich haben sollte. Und so servierte ich Jutta scharfe Drinks aus Wörtern, und ich bemerkte, dass Jutta die mit mir verbrachte Zeit als bedeutsam empfand. Zwischendurch machte ich einen Scherz und nannte das Heidelberger Schloss, das wir schon besucht hatten, Hodelberger Schleiß, und schon hatte ich bei der dankbaren Jutta den Eindruck hervorgerufen, dass ich nicht nur todernst, sondern auch spaßig sein konnte, und zwar von einer Minute zur nächsten. Wir hatten es geschafft; inmitten einer Trivialwelt aus Wurstbroten, Kartoffelsalat und Sonnencreme hatten wir uns eine eigene Welt geschaffen. Das jedenfalls galt für mich, und ich habe fast zwanzig Jahre lang geglaubt, dass es auch für Jutta galt. Jetzt muss ich hören, dass ich mich geirrt habe. Jutta nennt mich plötzlich (mit lachendem Gesicht, sodass ich sie wie früher bewundern muss, auch wenn sie mich herabsetzt) einen Hochstapler und Aufschneider, einen Wichtigtuer und Faxenmacher. Wie habe ich dich im Schwimmbad bewundert!, ruft sie aus. Und ich dumme Kuh bin auf dich hereingefallen! Ich möchte gern fragen, inwiefern sie auf mich ‹hereingefallen› ist, aber ich schweige und sehe auf das Kind. Ich verstehe nicht, warum Jutta (immer mit vergnügter Stimme) das Gefühl ihres damaligen Erhobenseins heute so denunziert, ich verstehe nicht, warum sie unsere damalige Besonderung heute verhunzt, das heißt, ich erkenne, und zwar fast zwanzig Jahre später in einem kleinen miefigen Café, dass Jutta die Bemühung um eine eigene Welt damals nicht wirklich verstanden hatte. Jutta bemerkt nicht, dass ich soeben ein Missverständnis aufkläre und deswegen schweige, sie bemerkt nicht, dass ich mich von ihr entferne (diesmal endgültig, und das heißt: auch im Gedächtnis), sie erzählt, wie sie ihren Mann kennen gelernt habe, dass sie drei Kinder habe, dass das Jüngste, das an unserem Tisch sitzt, nicht mehr vorgesehen gewesen sei, Jutta lacht das Kind an und stöhnt dabei, ich erschrecke, weil mir der Spruch meiner Mutter einfällt; in diesem Schreck trenne ich mich endgültig von Jutta. Ich beobachte eine junge Geigerin, die soeben das Café betreten hat und mir bei der Trennung von Jutta hilft. Sie ist ganz in Schwarz gekleidet, ihre Bewegungen sind stilisiert. Sie schaut niemanden an, sie sucht für sich und ihren Geigenkasten einen Platz. In ihr erkenne ich mich selbst, ihr Geigenkasten sind meine damaligen Gedichte. Vielleicht spielt sie nicht einmal Geige, vielleicht braucht sie den Kasten nur, um sicher zu sein, dass sie nicht plötzlich mit vier Plastiktüten behangen nach Hause geht.

Ein Junge reißt sich von der Hand der Mutter los und rennt auf eine tote Taube zu, die am Rand des Bürgersteigs liegt. Der Junge bleibt dicht vor dem Kadaver stehen und starrt ihn an. Zuerst stippt er mehrmals mit der Schuhspitze in das noch weiche Tier, dann gibt er ihm einen Tritt, dass der tote Tierkörper in den Rinnstein rutscht. Die Mutter hat alles gesehen, auch den Tritt. Sie ist empört, sie geht auf den Jungen zu, gibt ihm eine Ohrfeige und ruft aus: Auch du wirst einmal sterben! Jetzt bemerkt die Frau, dass mich der Anblick des geschlagenen Kindergesichts erschreckt. Der Junge sieht auf mich und entnimmt meinem Staunen, dass ich die Heftigkeit der Mutter für übertrieben halte. Auch die Mutter will mich stumm für sich einnehmen; dabei sind beide, Mutter und Sohn, kurz nacheinander durch einen schnellen Tod hindurchgegangen. Zuerst war sie, die Mutter, einen Augenblick lang die tote Taube, die sich dagegen aufbäumte, dass es auch nach dem Tode noch Misshandlungen geben soll. Danach verwandelte ihr Schlag das Kind selber in ein kleines misshandeltes Tier, und für diesen Augenblick war der Junge die tote Taube. Er spürte, vielleicht zum ersten Mal, das Ende seiner Kindheit und den Beginn einer neuen, anderen Gewalt. Ein paar Blicke wandern zwischen uns hin und her, der Junge hält sich die Wange, die Frau richtet sich den verrutschten Mantel, dann ordnen sie sich beide wieder zu einem nebeneinander gehenden Paar, das halb versöhnt und halb verstört seinen Weg fortsetzen wird, da bemerke ich, dass sie mich plötzlich sonderbar einträchtig anschauen, ich spüre, was sie ausdrücken wollen: dass jetzt ich die tote Taube bin, und sie haben Recht, obwohl auch ich nicht weiß, was ich mit einem schmutzigen toten Tier zu tun habe, dessen Bild ich nicht habe annehmen wollen und das jetzt splitternd und präzise nach mir greift.

Über die Konstabler Wache geht der falsche Inder. Wochenlang habe ich ihn nicht gesehen, und es ist auf den ersten Blick klar, dass er die Zeit nicht gut überstanden hat. Seine Hose ist noch schmutziger und abgewetzter, seine Jacke hat jede Form verloren, an den Ärmeln ist sie abgeschabt und ein wenig aufgerissen. Sein Turban ist an den Seiten eingedrückt; es sieht aus, als müsste er seine Kopfbedeckung neuerdings als Kissen mitbenutzen. In einem schrecklichen Einerlei aus Verwahrlosung und Hoffnungslosigkeit läuft er über den Platz und biegt in die Große Friedberger Straße ein. An seinem rechten Schuh hat sich die Kappe gelöst. Ein durch fortwährende Nässe verzopfter Wollstrumpf schaut vorne heraus. Unter den geparkten Autos sucht der Mann nach Kleingeld. Ich wage kaum, ihm ins Gesicht zu sehen; der alte Hochmut darin ist verschwunden. Das Unglück hat sein Intimstes, die Verarmung, zu etwas Öffentlichem gemacht. Zu Hause in meinem Zimmer steht ein Paar Schuhe, die ich ihm schenken könnte. Aber meine Schuhe passen nicht zu seinem Maharadscha-Anzug, außerdem könnte er seine Armut nicht eingestehen. Vielleicht ist es aufregend für ihn, am Leben zugrunde zu gehen. An der Ecke Schäfergasse betritt er eine belebte Bäckerei, und ich folge ihm. Die Verkäuferinnen sind jung, sie lachen über vieles, was in der Bäckerei geschieht. Eine von ihnen sagt, dass sie sich die Augenbrauen zusammenwachsen lassen will, damit sie ein wenig drohender aussieht. Sogar ein Kunde muss darüber lachen. Ein Herr lässt aus Versehen einen Geldschein von der Theke auf die Kuchen und Backwaren herabfallen; wieder erhebt sich ein Gelächter. Da ist der falsche Inder an der Reihe. Mit gestrecktem Zeigefinger deutet er auf die Brotregale und verlangt ein ganz bestimmtes Brot. Die Regale sind voll, die Verkäuferin kann das gewünschte Brot nicht sofort identifizieren. Schon wird der falsche Inder nervös; das da, sagt er, das da, und schießt mit seinem Zeigefinger nach vorne. Am Zittern seiner Hand ist zu sehen, dass er den Glanz seiner Abweichung verloren hat und hilfsbedürftig geworden ist. Wie ein störrischer Rentner beharrt er auf einem bestimmten Brot. Die Verkäuferinnen sind eingeschüchtert. Endlich hat eine von ihnen das verlangte Brot in der Hand; angespannt und schweigend bedient sie den falschen Inder. Für eine Weile ist es nicht leicht, *irgendein* Brot zu verlangen; ungläubig schauen die Verkäuferinnen.

Ein paar Sperlinge fliegen zwischen zwei niedrigen Bäumen hin und her. Auf keinem Ast hält es sie lange; kaum sitzen sie, heben sie schon wieder ab, schwirren hinüber, nur um rasch zurückzukehren. Tiere kennen nicht das Problem der Originalität; es stört sie nicht, dass viele zur gleichen Zeit das Gleiche tun. Inmitten der eifrigen Flüge scheißt ein Vogel kurz in die Luft, offenbar aus Freude und Sorglosigkeit. Und im Augenblick, als der lächerliche Vogelkot in hohem Bogen auf die Erde fällt, erinnere ich mich, dass ich selbst einmal so ähnlich wie ein Vogel gelebt habe. Damals war ich sieben oder acht Jahre alt und spielte jeden Nachmittag mit meinen Freunden in den Ruinen der Nachkriegszeit. Diese mit Gras und Gebüsch zugewachsenen Trümmer und Halbhäuser waren wie für uns erbaut. Es gab alles: Verstecke, Gewölbe, Treppen, dunkle Gänge, zerschossene Mauern und zwischen ihnen Schrecken und Geheimnisse. Das Spielen darin, das Herumrennen in niemals ganz erforschten Hausresten, brachte eine solche Zufriedenheit hervor, dass wir auch dann nicht nach Hause gingen, wenn wir dringend auf die Toilette mussten. Kein Kind konnte sich von seiner Aufregung und von seiner Freude trennen. Eilig, im Vorüberhasten, zogen wir uns in einer Ecke oder in einem Bombenloch die Hosen herunter. Den Hintern wischten wir uns mit Grasbüscheln ab. Und weiter ging das Spiel, die Lust, die Grenzenlosigkeit: wie ein atemloser Vogelflug.

An manchen Tagen sollte die Stadt mir allein gehören. Ich habe nichts gegen die anderen Menschen, ich möchte nur, dass die Stadt auch einmal leer ist. Aber leider habe ich nicht das Recht, Straßen und Plätze zu sperren und den Einwohnern zu befehlen, zu Hause zu bleiben, wenigstens für einen Tag. So bleibt mir nur, am frühen Sonntagmorgen, wenn die Menschheit ausschläft, mit der Straßenbahn in die dann endlich leere Stadt zu fahren. Von allem, was lebt, gibt es am Sonntagmorgen nur ein Exemplar. Aus einem Haus kommt *ein* Mann. An einer Wand steht *ein* Fahrrad. Über die Fahrbahn läuft *eine* Taube. Aus einem Fenster schaut *ein* alter Mann heraus. Am Horizont der Straße trottet *ein* Hund vorüber. *Eine* Straßenbahn fährt vorbei, *eine* Frau sitzt darin. Ich schaue hin und weiß nicht, was mich mehr anzieht, diese eine stille Straßenbahn oder das Alleinsein der Frau inmitten von lauter leeren Sitzen. Ich bleibe am Rinnstein stehen und warte, obwohl ringsum kein Verkehr ist, auf grünes Licht, ich warte und warte, bis ich bemerke, dass es dort, wo ich warte, gar keine Ampel gibt. Durch diesen kleinen Fehler stoße ich auf meine Abwesenheit, die mir jetzt unerhört vorkommt, zugleich angenehm, fast wohlig. Jetzt warte ich darauf, dass zwischen den Straßenschluchten plötzlich das Meer zu sehen ist, blaugrün soll es zwischen den Häusern sichtbar sein und leise schwappen. Über dem Häusermeer steigt der Dunst einer südlichen Stadt auf, ein Gemisch aus Benzin, Öl, Schweiß, Parfüm und Tang, und es sieht so aus, als könnte es nicht mehr lange dauern, bis die ganze Stadt ins Meer rutscht. Ich möchte warten und so lange auf das Meer blicken, bis ich es in mich hineingesehen habe, einmal und für immer. Für diesen langen Blick ist ein

Leben gerade ausreichend, und ich bin bereit, das meinige dafür zu opfern. Und wenn ich Jahr für Jahr auf die glitzernde Oberfläche schaue, werde ich auch den Mut für das Geständnis finden, dass es nicht das Meer ist, nach dem ich mich sehne; es fällt mir immer nur ein, wenn ich ein Bild für Stärke und Ausdauer brauche, ein Bild, das die Sehnsucht anstachelt und beruhigt, wenn sie schon nicht weiß, was das ihr Gemäße ist, schon gar nicht in einer leeren Stadt am Sonntagmorgen.

Es stört die beiden nicht, dass sich ihre Liebe auf einem riesigen Parkplatz zuträgt. Es hindert sie nicht, dass sie sich zwischen Kühlern, Kotflügeln, Seitenspiegeln und herausgezogenen Antennen küssen. Der Mann lässt sich spielerisch über die Frau fallen, und es irritiert ihn nicht, dass sich dadurch das Haar der Frau auf einem Autodach ausbreitet. Für die Dauer des Kusses hört die Frau auf, mit ihrem Autoschlüssel zu klimpern. Zwei Herren kommen vorbei. Einer von ihnen löffelt einen Becher Joghurt aus. Die Herren beachten das Paar nicht, sie suchen ihre Autos. In Höhe des Paares wirft der Herr seinen Joghurtbecher in einen hüfthohen Müllcontainer, der unweit des Liebespaares aufgestellt ist. Auch die Nähe des Abfalls schränkt die Liebe der beiden nicht ein. Plötzlich habe ich das Gefühl, dass sich alle Bilder, die ich seit der Rückkehr gesehen habe, heimlich auf einen Höhepunkt zubewegen, den ich soeben erreiche. Ich muss mich künftig, egal wie, vor dem schlechten Bann solcher Anblicke schützen. Im Augenblick habe ich nur eine Möglichkeit der Flucht: Ich gehe in Richtung Karmelitergasse. Es ist die einzige Gasse der Stadt, von der aus der Durchblick auf den Main noch möglich ist. Ich sehne mich nach dem schönen Schauen im Ausland; dort habe ich sehen können wie ein glücklich entlaufenes Kind. Denn der Fremde ist, weil er sich nicht auskennt, auch zart. Es ist nur ein kleines Stück Fluss, das zwischen den eng beieinander stehenden Häuserwänden der Karmelitergasse sichtbar wird. Und ich bin erstaunt, dass selbst der schmutzige Main ein mattes Glitzern auf seiner Oberfläche trägt, das die Erinnerung an das große Glitzern des Meeres in mir wachruft. Ich gehe durch die Gasse, links weint ein Kind in einer Toreinfahrt, ich gelange zum Mainufer. Hier ist niemand. In der Ferne kommt mir eine junge Frau mit Kind und Kinderwagen entgegen. Ein paar Spatzen versuchen, fliegend in der Luft zu stehen, aber für solche Kunststücke sind sie nicht grazil genug. Der Ehrgeiz der Sperlinge macht ihre Anstrengungen komisch; aber die Vögel haben Glück: Es gibt keine Instanz, die sie auslacht. Es nähern sich mir die Frau und das Kind. Die Mutter versucht, das Kind zu füttern. Das Kind will nichts essen, weil es mit einem vierrädrigen Plastiktier beschäftigt ist. Trotzdem versucht die Mutter erneut, dem Kind eine Käseschnitte in den Mund zu schieben. Das Kind trägt einen Mittelscheitel wie die Mutter; seine Kopfhaut ist genauso weiß und makellos wie die ihre. Hier könnte ich meine Beobachtung abbrechen. Aber mein Vorsatz kommt wieder ein paar Sekunden zu spät; eben sehe ich, dass sich die Mutter herunterbeugt und dem Kind mit Daumen und Zeigefinger die Nase zuhält. Das Kind öffnet, mehr aus Erstaunen denn aus Atemnot, den Mund, und in diesem Augenblick schiebt die Mutter dem Kind einen Bissen zwischen die weichen Kinderlippen. Ratlos schaut das Kind an mir hoch, ich entferne mich etwas zu schnell, weil ich plötzlich weiß, dass es nur zwei Möglichkeiten des Lebens gibt: die Verrücktheit oder die Selbstbegnadigung. Ich möchte frühmorgens an einem Meer sitzen. Zu diesem Zeitpunkt ist das Meer noch grau und hart, die Wellen bewegen sich wie kleines granitenes Geröll. Ein paar rötlich gelbe Stellen am Himmel kündigen den Aufgang der Sonne an. Und dann, wenn sich eine halbe Stunde später der Rand der hellen Scheibe am Horizont hochschiebt, verliert das Meer seine graue Farbe und wird blau. Jetzt beginnt die Einfärbung des Tages. Je höher die Sonne steigt, desto weiter rückt das Blau nach vorne bis zum Ufer. Und das Licht flutet weiter über das Land und fordert das Leben dazu auf, dort weiterzumachen, wo es am Abend zuvor aufgehört hat. Beobachten ist dann nicht nötig; an seine Stelle tritt das Schauen, das nichts herausfinden muss. Ich verlasse das Mainufer und betrete eine Telefonzelle an der Uferstraße. Gesa hebt sofort ab. Du, sage ich, es ist so weit, wir müssen wieder verreisen.

Deutschsprachige Literatur bei rororo

Die neuen Klassiker

Elfriede Jelinek
Die Klavierspielerin
Roman. 3-499-15812-4
Einer der meistdiskutierten deutschsprachigen Romane: Der Klavierlehrerin Erika Kohut, von ihrer Mutter zur Pianistin gedrillt, ist es nicht möglich, aus ihrer Isolation heraus eine sexuelle Identität zu finden. Unfähig, sich auf das Leben einzulassen, wird sie zur Voyeurin. Als einer ihrer Schüler mit ihr ein Liebesverhältnis anstrebt, erfährt sie, dass sie nur noch im Leiden und in der Bestrafung Lust empfindet.

Friedrich Christian Delius
Der Königsmacher
Roman. 3-499-23350-9

Peter Rühmkorf
Außer der Liebe nichts
Liebesgedichte. 3-499-23260-X

Helmut Krausser
Schmerznovelle
3-499-23214-6

Peter Schneider
Das Fest der Missverständnisse
Burg erforscht die Medizingeschichte im Nationalsozialismus. Was eher zufällig beginnt, entwickelt sich zu einer zerstörenden Obsession, die auch die Wahrnehmung der Gegenwart zwanghaft überformt.

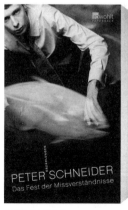

3-499-22728-2